Les fantômes des Reinettes.

Les fantômes des Reinettes.

Ganaël

et

Les fantômes des Reinettes

Patrick Huet

Copyright

© Patrick HUET 2021

Pour contacter l'auteur :

Patrick Huet 73 rue Duquesne 69006 Lyon

Site : https://www.patrickhuet.net

Édition : BoD – Books on Demand,
12/14 rond-point des Champs-Élysées, 75008 Paris
Impression : BoD - Books on Demand,
Norderstedt, Allemagne

ISBN 978-2-322-400324
Dépôt légal : Novembre 2021

SOMMAIRE

Les fantômes des Reinettes.

Préambule

Qui est Ganaël ?

Le personnage principal de ce roman s'appelle Ganaël. C'est un elfe des temps anciens qui vit à notre époque. Il possède des facultés incroyables : son ouïe est si fine qu'il peut entendre la reptation d'une fourmi sur le sol. Sa vue est si aiguisée qu'il peut voir à des kilomètres.

Ces facultés extraordinaires vont l'entraîner dans des aventures souvent dangereuses, car il entend ce que certains voudraient tenir bien caché.

Pendant longtemps, Ganaël était resté amnésique. Il vivait incognito parmi les hommes des villes sous le nom de Fabrice Martin. Il se comportait en toute chose comme un humain ordinaire. Le type même de l'homme banal sans aucune flamboyance. Un jour, cependant, à la faveur d'un événement inattendu, il redécouvrit une partie de sa mémoire, mais surtout ses étonnantes capacités.

Il ne sait toujours pas d'où vient cet héritage, il continue donc de vivre comme auparavant. Mais en attendant d'en connaître davantage sur son passé, il exerce ses facultés afin d'en développer la maitrise et de les mettre au service du bien.

CHAPITRE 01

LES REINETTES

Debout sur une large pierre plate qui s'avançait en promontoire, Ganaël laissa son regard errer de l'autre côté du profond fossé.

La lumière du matin faisait briller le vert du sous-bois d'un éclat satiné. Les feuilles des arbres semblaient de jade et les herbes d'émeraude. C'était une belle journée d'été.

Ganaël huma les senteurs véhiculées par la légère brise et sourit à leur contact. Il était arrivé par le train de sept heures dans le petit village de Saint-Amond. Le sac sur les épaules, il avait pris la direction de la forêt, décidé à goûter pleinement ces quelques jours de vacances en Normandie et cela, sans retard. Dans son sac à dos, son matériel de camping pesait peu. Pour trois jours, il n'avait pas voulu s'encombrer outre mesure. Du reste, on annonçait du beau temps pour toute la semaine.

Le ciel, d'une limpidité absolue, démontrait, si besoin était, que les journées seraient brûlantes et les nuits douces.

Les gourdes remplies à ras bord d'une eau pure et fraîche, il s'était donc mis en route le cœur joyeux. Il était vite arrivé à la lisière d'un bois et s'y était engagé, baigné

10

de ces parfums alertes qui s'en exhalaient.

Il marchait déjà depuis deux bonnes heures, les pas étouffés par la mousse tapissant le sous-bois, quand il parvint à ce promontoire surplombant un étroit ravin. Il avait profité de cette interruption dans le cours de sa promenade pour s'octroyer une halte et admirer le paysage.

Depuis qu'il avait recouvré ses sens elfiques assoupis des années durant, il ne se lassait pas d'en mesurer l'acuité. Il était connu auprès des hommes et de l'État civil en tant que Fabrice Martin, employé de second ordre dans une grande administration. En réalité, son nom véritable était Ganaël, et le sang des Elfes coulait dans ses veines. Jusqu'à présent, il n'avait jamais rencontré un autre de ses semblables et se considérait à juste titre

11

comme le dernier des Elfes.

Une brume épaisse lui dissimulait une part énorme de son passé. Toutefois, ses anciennes facultés avaient été libérées et il pouvait en user à son gré.

La finesse de son ouïe était fabuleuse. Il se concentra un moment sur un hêtre situé cinq mètres derrière lui. Immédiatement, tous les sons émis sur le registre auditif d'un homme ordinaire – gazouillement des oiseaux, aboiements d'un chien – s'estompèrent et disparurent. Une foule d'autres, inaudibles habituellement, surgit alors brusquement. Il perçut distinctement la marche lente d'un puceron sur une des feuilles du hêtre.

Des flots de vibrations se propagèrent dans le fût de l'arbre et l'intriguèrent brièvement, avant qu'il ne reconnût le pas cadencé d'une armée de fourmis avançant en formation militaire sur le large tronc.

Ganaël sourit. Il lui plaisait d'entendre les innombrables petits animaux et insectes dans leur labeur quotidien. C'était un autre univers qui s'ouvrait à lui, un monde de sons infiniment ténus qu'aucune oreille humaine n'avait jamais perçus.

Il revint au registre de l'audition humaine et le précédent disparut. Il ne pouvait capter les deux en même temps, ils étaient trop éloignés l'un de l'autre. Sa vue était aussi aiguisée. En temps normal, quand il se trouvait en position de repos, son registre visuel était identique à celui d'un homme.

Il avait la possibilité néanmoins de focaliser son regard de telle sorte qu'il discernait dans les moindres détails un objet minuscule placé à très grande portée.

Il s'était amusé à plusieurs reprises à exercer ses capacités et à les mesurer. Pas plus tard que la veille, il avait tenté une expérience. Du sommet d'une colline, il s'était concentré sur une maisonnette. Il avait été particulièrement flatté de lire le nom du propriétaire sur la boîte aux lettres. Ce contentement avait grimpé jusqu'à l'enthousiasme lorsqu'il connut la distance les séparant : trois kilomètres !

Une acuité aussi phénoménale le ravissait et il ne cessait d'en subir l'enchantement. Il se disposait une nouvelle fois à user de cette étonnante faculté quand un bêlement interrompit le cours de ses pensées. Il n'était nul besoin de posséder les sens extraordinaires des elfes pour en déterminer l'origine, ni pour y percevoir de la détresse et de la peur.

Ganaël se précipita à travers les taillis et se trouva bientôt en face d'un veau sevré depuis peu. À sa vue, le jeune bovin s'approcha à vive allure et se mit à vagir.

— Alors, petit veau, tu es perdu ?

Il ne répondit pas. Ganaël répéta sa question sur différents registres, sans succès. La race bovine avait été domestiquée depuis si longtemps par les hommes qu'elle avait oublié la langue commune des insectes et des animaux sauvages. Ce n'était par ailleurs qu'un bébé, sachant à peine s'exprimer sinon par les gestes. Il utilisait un baragouinage que Ganaël était bien en peine de comprendre. De guerre lasse, il lui tapota la tête. Comment allait-il s'y prendre pour retrouver son propriétaire ?

Comme il s'interrogeait, un cliquettement métallique tinta sur sa droite ; dans le même temps, un reflet accrocha sa rétine. Instinctivement, son regard s'adapta et le canon d'un fusil lui sauta presque à la vue tant le grossissement fut rapide. Pourtant, l'arme était à plus de cent mètres.

En une fraction de seconde, il vit l'index d'une main se courber sur la détente. Sans plus réfléchir, il se jeta à plat ventre.

Une déflagration impressionnante assourdit ses tympans fragiles. Il fut obligé de les fermer mentalement pour éviter la douleur qui se propageait le long de ses conduits auditifs. Il cria.

— Arrêtez ! Ne tirez pas !

Allongé entre les herbes, il se concentra sur le fusil. L'index avait lâché la détente. Qui que fût le tireur, il avait

16

accepté un armistice. Le danger passé, Ganaël se releva en gardant son attention sur l'homme.

Les ramures derrière lesquelles son agresseur se cachait ne lui dissimulaient pas grand-chose, pas à lui. En dépit de la distance, les traits épais d'un individu coiffé d'une casquette grise étaient parfaitement discernables.

— Que voulez-vous ? L'apostropha Ganaël. Est-ce dans les habitudes du pays de mitrailler les touristes ?

L'homme, jusqu'à présent immobile et silencieux, sortit enfin de sa réserve. Il s'avança d'un pas et lança d'une voix forte.

— Ne bougez pas ou je tire !

Mais l'index restait loin de la détente. Aussi, bien que le canon du fusil fût toujours pointé sur lui, Ganaël se sentit rassuré. Il se permit même une note d'ironie.

— Ne pas bouger, vous en avez de bonnes, vous ! Si mes renseignements sont exacts, ces terres appartiennent à la commune, vous n'avez donc aucunement le droit de m'imposer un tel ordre. Et vous vous êtes mis de fait hors la loi en agressant un honnête promeneur.

Pendant leur échange, l'homme avait continué à s'approcher de Ganaël, guettant un mouvement suspect de sa part. À dix mètres de lui, il s'arrêta. L'arme toujours pointée, il rétorqua abruptement.

— Honnête, c'est à voir ! Et promeneur, ça m'étonnerait. Depuis le petit jour, j'arpente les bois à la recherche du bétail qui m'a été volé il y a deux jours de cela. J'étais en quête de nouveaux indices. Il faut croire que la chance est avec moi. Qu'est-ce que j'aperçois ? Un inconnu qui m'a tout l'air d'être un vagabond et qui tient un de mes veaux ! J'ai de bonnes raisons de vous soupçonner.

— Je vous comprends. Cependant, vous faites erreur. Je suis un vacancier. Je suis arrivé par le train de ce matin, vous voulez vérifier ? J'ai encore mon billet dans ma poche. Ce n'est que par le plus grand des hasards que j'ai découvert votre veau. Je le croyais perdu. Sans doute a-t-il échappé aux voleurs durant un moment d'inattention.

La conversation qui suivit fut amicale. L'homme s'excusa de son tir par trop expéditif. Pour se faire pardonner, il invita Ganaël à se rafraîchir.

Il s'appelait Victorin et exploitait une petite ferme, baptisée les Reinettes, en contrebas à deux kilomètres à peine.

— Venez donc aux Reinettes ! Je vous dois bien ça !

En chemin, il expliqua la raison de son comportement agressif. Depuis quelques semaines, des inconnus s'en prenaient à son exploitation. Des pesticides puissants avaient été répandus dans plusieurs de ses champs détruisant toute la végétation, une dizaine de vaches étaient mortes après avoir bu de l'eau empoisonnée et, pour finir, une quinzaine d'autres avait mystérieusement disparu. Ce dernier coup avait été durement ressenti, d'autant plus vivement que Victorin était criblé de dettes. Les gendarmes avaient effectué une enquête, mais la piste des bêtes s'arrêtait à un ruisseau et les chiens avaient dû abandonner.

De rage, le fermier avait décidé de continuer seul ses recherches. En voyant Ganaël avec un de ses veaux, il s'était emporté et avait tiré sans réfléchir.

Une fois à la ferme et installé devant un verre de jus de pomme, la conversation de Victorin dériva sur des confidences. Veuf, il arrivait difficilement à joindre les deux bouts. Son unique enfant, une fille de vingt ans, l'avait quitté trois mois auparavant et, depuis, la vie lui était encore plus pénible.

— Oui, soupira-t-il en relevant la visière de sa casquette, elle est partie un soir, sans prévenir personne, sans un mot d'adieu. Au matin, j'ai simplement découvert une lettre là, sur un coin de la table. Elle écrivait qu'elle en avait assez de vivre pauvrement en travaillant si dur. Ce que je peux comprendre, même si l'aveu me brise le cœur. Sans parler de cette histoire de fantômes. Plusieurs fois, elle m'avait confié qu'elle ne parvenait à plus dormir, car la nuit ils troublaient son repos.

L'intérêt de Ganaël s'éveilla.

— Des fantômes ?

— Oui. C'est ce que je trouve de plus étrange dans cette affaire. Marjorie, ma fille, affirmait que les Reinettes étaient hantées. Pour ma part, je n'ai jamais rien remarqué. Il est vrai que j'ai le sommeil profond. Marjorie abordait souvent le sujet les derniers temps avant son départ, des bruits bizarres qui la réveillaient au milieu de la nuit, des grattements, des soupirs, des voix spectrales comme elle les qualifiait. La peur des revenants la clouait au lit et dès que ces bruits se manifestaient, elle relevait le drap par-dessus la tête et se rendormait tant bien que mal. Je mettais ces inquiétudes sur le compte de l'imagination trop vive d'une jeune fille sensible, isolée dans cette campagne, loin du monde et de ceux de son âge. J'ai eu le tort de ne pas me soucier de ses angoisses ni de l'inciter à rencontrer d'autres jeunes gens. Un jour, elle en a eu assez. Dans sa lettre, elle me disait qu'elle préférait partir ainsi, en catimini, parce que des adieux auraient été trop pénibles et qu'elle ne voulait pas me voir pleurer.

Un nouveau soupir, plus lourd que le précédent, s'échappa de la poitrine du fermier.

— Monsieur Victorin, je suis désolé d'avoir réveillé ces tristes souvenirs.

— Bah ! Ce n'est rien.

Il releva la tête et prit un air enjoué.

— C'est du passé, cela ; ne nous éternisons pas là-dessus ! Trinquons à l'avenir !

Comme les verres s'entrechoquaient, des coups résonnèrent contre la porte.

— Allons, bon ! Qui donc vient nous importuner ?

Dans l'encadrement de la porte, le visage embarrassé d'un homme jeune apparut. Trois autres, modestement vêtus, se tenaient deux pas en arrière.

— Ah ! C'est toi, Varon. Qu'est-ce que tu veux mon garçon ? Un ennui au poulailler ?

— Ce n'est pas vraiment cela, Monsieur Victorin.

— Et quoi donc, alors ? Si vous vous êtes déplacés à quatre, c'est que l'affaire doit être vraiment est grave. Vas-y !

Varon saisit la perche que lui tendait son patron.

— Pour être grave, elle est grave ! Pour ça, oui.

— Vas-tu parler à la fin ?

— Il s'agit de ma mère, Monsieur Victorin. Elle a été victime d'un accident. Elle vit retirée, isolée dans une campagne difficile d'accès, vous comprenez, elle a besoin de moi à ses côtés durant quelque temps. Je viens vous demander un congé.

— D'accord, va la rejoindre ! Une vieille femme blessée ne doit pas rester seule, elle pourrait tomber et ne plus pouvoir se relever. Tu as raison de prendre soin d'elle. Est-ce tout ?

— Euh... non. Durand, il a aussi un petit problème.

Varon s'effaça. Le garçon derrière lui avait en effet une requête à présenter.

— Qu'y a-t-il, Durand ?

— C'est ma soeur.

— Ta sœur ? Ne me raconte pas qu'elle a eu également un accident !

— Oh ! non, Monsieur Victorin, certainement pas. Elle vient seulement d'accoucher.

— Enfin une bonne nouvelle, la meilleure de la journée.

— Oui. L'ennui, c'est qu'elle a eu des quintuplés. Cinq bébés d'un seul coup, vous vous en rendez compte ? La malheureuse n'en peut plus. Cinq d'un coup, c'est un véritable fardeau. Par malchance, son mari, mon beau-frère, est marin au long cours. Il est en mer. Il ne sera pas de retour avant deux mois...

— Alors, tu as besoin d'un congé pour la soutenir, n'est-ce pas ?

Durand acquiesça d'un sourire, enchanté de la compréhension de son patron. Il s'avéra que les deux garçons suivants avaient aussi une demande de congé à soumettre au fermier. Pour l'un, c'était une convocation du service des armées. Pour l'autre, c'était des examens auprès de médecins parisiens consécutifs à une migraine qui le torturait depuis des semaines. Bref, tout ce petit monde avait une raison des plus honorables de quitter les Reinettes sur-le-champ, avec armes et bagages.

— Et vous comptez rentrer quand ?

Les « euh », « ah », « je ne sais pas trop », « cela dépendra des bébés » et autres réponses évasives laissaient planer un doute quant à la véracité des prétextes invoqués.

— Si je comprends bien, vous voulez partir immédiatement, mais vous ne savez pas quand vous reviendrez. C'est cela ?

Un oui à peine audible s'éleva du petit groupe.

— Avez-vous au moins prévu de revenir travailler aux Reinettes ?

Les garçons se dandinèrent, la mine gênée, le regard rivé sur le bout de leur chaussure. Victorin mit un terme à leur embarras en lâchant.

— Finissons-en ! Vous êtes libres d'agir à votre guise. Si vous voulez partir, je ne vous retiendrais pas et je ne vous demanderais pas d'explications. Récupérez vos affaires, je vous enverrai ce que je vous dois à la fin du mois.

Trop heureux du dénouement de leur

entretien, les garçons ne s'attardèrent pas dans le vestibule. Tête baissée, ils s'élancèrent dans le couloir vers leur chambre respective. Ils étaient hébergés dans la ferme où ils disposaient chacun d'une pièce réservée.

Victorin se tourna vers Ganaël. D'un haussement d'épaules impuissant, il observa.

— Voilà que mes employés m'abandonnent maintenant. Je vais finir par croire que cette ferme ne vaut rien et qu'il est inutile de s'acharner à l'exploiter.

— Allons, Monsieur Victorin, ne désespérez pas !

— Vous avez raison. Même avec un troupeau en moins et un champ dévasté, les Reinettes ont encore de la valeur. Le blé est mûr. Une bonne récolte me permettra d'éponger une part de mes dettes et d'ensemencer pour une nouvelle année. Il me faut du personnel. Je vais descendre en ville, c'est bien le diable si je n'y rencontre pas quelques hommes de bonne volonté.

Avant de quitter les Reinettes, Victorin passa un bras par la portière de sa voiture.

— À propos, pourquoi ne resteriez-vous pas à dormir cette nuit ? La ferme est grande, ce ne sont pas les pièces qui manquent. Vous seriez toujours mieux à l'intérieur plutôt que dans un sac de couchage dans la forêt.

Ganaël accepta de bonne grâce et, sur un signe d'adieu de Victorin, entra dans la maison. Le fermier l'avait autorisé à occuper la chambre qui lui plaisait, excepté la sienne évidemment qui se trouvait au bout du couloir et celle de Marjorie, tapissée de rose. En traversant la cuisine, il croisa les ex-employés des Reinettes. Ils s'apprêtaient à sortir, un sac sur l'épaule.

— Je vous conseille de ne pas vous éterniser ici, grommela Durand d'une voix sourde. La ferme est hantée, elle grouille de fantômes. Nous ne voulons plus y risquer notre santé et notre vie. Plus tôt nous aurons quitté les lieux et mieux nous nous porterons ! Méfiez-vous, et partez avant que le patron ne revienne, cela vaudra mieux pour vous !

Sur ces paroles sentencieuses, Durand se précipita vers la porte d'entrée et s'éloigna à vive allure, suivi de près par ses trois collègues.

Les yeux perdus dans le vague, Ganaël s'interrogeait sur la signification du dernier épisode. Il n'hésita pas un instant. Les histoires de fantômes et de spectres, il n'y croyait pas. Il haussa les épaules et chercha une chambre à son goût.

CHAPITRE 02

UN ACHETEUR PROVIDENTIEL

Son sac en sécurité dans une des chambres de la ferme, Ganaël entreprit la visite de la propriété en l'attente du retour de Victorin. Le corps du logis affichait son âge. Les intempéries avaient érodé la dure pierre des murs. On sentait à chaque rayure l'ancienneté du bâtiment. Depuis des siècles, il s'élevait à cet endroit et chacune des pierres, chacune des arêtes semblait vouloir raconter une histoire ou un récit vécu des décennies auparavant.

« Pas étonnant que les hommes et les femmes qui habitent ici aient le sentiment d'une présence étrangère, pensait Ganaël. De là à en conclure aux manifestations de revenants, la solitude aidant, il n'y avait eu qu'un pas ! »

Un esprit anxieux a vite fait de prendre les craquements ordinaires d'une vieille maison pour les raclements d'un fantôme rôdant aux alentours et d'assimiler les ombres des rideaux ou des arbres aux formes astrales d'un spectre.

Un canard lui coupa la route en se dandinant ; ses petits sur ses talons progressaient en file indienne de la même démarche désopilante. Il les suivit un moment du regard comme ils se hâtaient vers la mare avec force « coin-coin ». Les canetons se bousculèrent les uns les autres pour entrer le premier dans l'eau. Il était si amusant de les voir rouler tête dessus dessous, les pattes palmées battant l'air, que Ganaël en éclata de rire.

Il se détourna enfin et continua son chemin. Il n'eut pas besoin d'indications pour reconnaître l'étable. Avant d'y arriver, l'odeur caractéristique des vaches l'en avait informé. Le hall, vide de tout animal, était presque triste. Les multiples compartiments qui le divisaient montraient cependant combien les bêtes avaient été nombreuses en ces lieux. D'une grande salle pleine de vie et de meuglements, il ne restait plus qu'un désert.

Il quitta vite cet endroit par trop mélancolique.

À l'entrée de la ferme, il avisa une clôture solide qui fermait la propriété. D'un mouvement souple du corps, il se hissa sur l'une des poutres de traverse et s'y installa.

Il était près de midi. Bien que le soleil brillait ardemment, il ne ressentait aucune soif. Il se complut alors dans une rêverie langoureuse sous la musique champêtre des alentours, pépiement des oiseaux, caquètement des poules et des canards. Le vent chaud frôlait sa joue et ses bras nus d'une douce caresse.

Le ronflement d'un moteur rompit cette pastorale symphonie. Les yeux de Ganaël s'adaptèrent aussitôt. Alors que la voiture n'était encore qu'un point rouge dans le vert des prairies, il avait augmenté l'intensité de sa vue et examiné le conducteur.

C'était un homme râblé, au regard noir et vif, le visage au menton agressif. Quel que fût cet individu, ce n'était pas un tendre.

Cinq minutes plus tard, le gravier couvrant le chemin devant la ferme crissa sous les pneus. Le nouvel arrivant stoppa dans un brutal grincement de freins. Il claqua la portière sèchement et marcha à grands pas vers Ganaël.

— Beau temps pour la saison, n'est-ce pas ? commenta-t-il.

L'amabilité qu'il affectait était d'autant plus indécente que son regard dur et ses traits crispés la démentaient.

— J'ai appris en passant près de la gare que les employés de Victorin l'avaient déserté. Est-ce la vérité ?

La façon dont l'inconnu lui posa cette question lui déplut souverainement. Elle était chargée de sous-entendus insidieux qu'il ne comprenait pas encore et dont il ignorait la portée. Il se garda donc de prendre parti.

— C'est possible. Je ne suis là que depuis deux heures, je ne suis pas au courant de la gestion du domaine.

— Vous n'êtes pas un des employés des Reinettes, il n'y en avait que quatre et je les ai rencontrés il y a moins d'un quart d'heure. De plus, vous n'avez pas l'air d'un travailleur agricole.

— Vous avez vu juste Monsieur... Monsieur ?

— Ballard ! Anthonin Ballard.

— Je disais donc que vous aviez vu juste, Monsieur Anthonin Ballard, je ne suis ni employé aux Reinettes ni travailleur agricole. Vous avez le sens de l'observation.

38

— Vous ne seriez pas ce neveu de Paris ? Victorin nous en a parlé à plusieurs reprises. Un jeune gars dans l'enseignement. C'est vous, n'est-ce pas ?

— C'est possible.

Les questions insistantes de cet homme l'agaçaient. En temps ordinaire, Ganaël n'aimait déjà pas les interrogatoires, mais qu'ils soient menés comme c'était le cas avec une hypocrisie à peine dissimulée, c'était plus qu'il n'était en mesure de supporter. Aussi, lorsque le nouvel arrivant s'enquit de son nom, la réplique qui lui vint à l'esprit fut pour le moins provocante.

— Si on vous le demande, vous direz que vous n'en savez rien.

Quoiqu'émise sur un ton badin, la phrase n'en cloua pas moins son interlocuteur sur place. Un instant, la surprise et la colère se disputèrent la suprématie dans le regard farouche de l'homme avant d'être domptées à grand-peine. Ganaël sentit les muscles de l'inconnu se tendre sous l'effort. Plusieurs secondes passèrent avant qu'il ne fût en état de répondre.

— Ah ! Sacré Parisien ! Toujours le mot pour rire.

Un hoquet saccadé s'échappa de ses lèvres. Un rire des plus artificiel. Ganaël ne se méprit pas sur la nature réelle de cette soudaine hilarité. La position de son interlocuteur évoquait un fauve se ramassant sur lui-même prêt à bondir. Il ne lui sautait pas à la gorge, mais son corps n'attendait qu'un ordre pour se déchaîner.

— À propos, reprit-il après cet intermède de fausse gaieté, votre oncle vous a-t-il informé qu'il envisageait de vendre les Reinettes ?

Décidément, il le prenait vraiment pour le neveu de Victorin ! Il ne le démentit pas et se contenta de répondre.

— Il ne m'a entretenu d'aucune intention en ce domaine.

— Ah ! En fait, rien n'est fixé. Nous en sommes encore au stade des discussions. Je suis un jeune agriculteur. Je me suis installé dans le pays l'an dernier et je voudrais agrandir mes terres pour rentabiliser ma ferme. Ayant appris par hasard que votre oncle avait des difficultés financières, je lui ai proposé d'acheter les Reinettes. Vous êtes un homme moderne, vous connaissez la ville, vous savez comme moi que là où deux petites entreprises s'affrontent et entrent en concurrence, elles

41

perdent de l'argent. Le jour où elles mettent en commun leurs forces, elles commencent à engranger des bénéfices.

— Vous voulez vous associer aux Reinettes ?

— Les règles agricoles sont plus complexes. Nous sommes des exploitations familiales, pas des sociétés anonymes. Cependant, le raisonnement tient toujours. Deux petites fermes, l'une à côté de l'autre, ne peuvent prospérer. Elles doivent se fondre en une seule unité. Victorin n'a pas les moyens d'acquérir mes terres – c'est à peine s'il parvient à entretenir les siennes – je me trouve donc dans l'obligation de racheter son domaine. C'est simplement une adaptation aux réalités économiques. Rien d'autre. Au demeurant, il ne sortira pas lésé de cette transaction puisque je lui ai proposé un bon prix pour les Reinettes.

— Ce geste vous honore, Monsieur. Il n'en demeure pas moins que cette affaire m'est étrangère. Je vous remercie de votre confidence. Je ne vois pourtant pas en quoi je pourrais vous être utile.

— Détrompez-vous ! En tant que parent de Victorin, votre voix aura certainement une influence sur lui. Il est étranglé par les dettes. Il vaut mieux qu'il vende maintenant, plus il attendra et plus les Reinettes perdront de leur valeur. Vous devriez en discuter avec lui. Je suis sûr qu'il sera sensible à ces arguments, s'ils viennent de vous.

Un quart d'heure durant, il pressa le neveu supposé de Victorin de convaincre son oncle de vendre. Ce qui agaça prodigieusement Ganaël qui en sortit avec une furieuse envie d'inciter le fermier à ne pas céder. Et si la nécessité de s'en séparer se présentait, que ce soit envers un autre acheteur n'importe qui sauf celui-ci.

Telle était la résolution de Ganaël, et ce n'étaient pas les protestations d'amitiés affreusement sournoises de celui-ci qui l'amèneraient à changer d'avis. Il vit sans regret la voiture rouge disparaître à un coude et s'en trouva soulagé. La fréquentation de ce genre d'individus, il la fuyait.

Au cours du repas de midi auquel Victorin convia son invité, le fermier confirma les impressions de Ganaël.

— C'est un roublard. Il s'est offert la ferme des Bottines pour une bouchée de pain en profitant de la faiblesse de sa dernière propriétaire, une vieille femme qui ne pouvait l'entretenir à elle seule. Certes, il produit du lait, des œufs, mais on ne l'a jamais vu sur un marché. Il paraît qu'il vend tout en exclusivité à une centrale d'achat de supermarchés, ce qui lui confère de gros bénéfices. Pour moi, n'est pas un véritable paysan. Il y a quelque chose qui cloche avec sa façon d'exploiter la ferme. Je ne sais pas quoi exactement, puisqu'il interdit à quiconque de pénétrer sur ses terres. C'est une sorte de pressentiment. Jamais je ne lui céderai les Reinettes. D'ailleurs, il n'est pas question de m'en défaire. J'ai reçu le domaine en héritage, c'est sacré !

Deux autres garçons d'une vingtaine d'années prenaient part au déjeuner. Ils venaient de la ville voisine. Solides, bien charpentés, ils le seconderaient efficacement.

Les fantômes des Reinettes.

CHAPITRE 03

UNE SENTINELLE OMBRAGEUSE

Penché au-dessus de la barrière, à la limite extrême de la ferme, Ganaël examinait le sol. L'herbe avait été piétinée par des sabots.

À la fin du repas, il avait proposé au fermier son aide dans la recherche du bétail disparu. Victorin avait accepté. Quoique sceptique, il lui avait indiqué la direction prise par les vaches et lui souhaita bonne chance.

Ganaël se trouvait donc en ce début d'après-midi en train de longer leur piste.

47

Elle était aussi nette qu'une tache rouge sur de la neige. Les lourdes bêtes avaient gravé le sol meuble de leurs sabots. Suivre leurs traces n'exigeait aucune faculté particulière ni de connaissances spéciales. Ainsi que l'avait mentionné son hôte, la piste se terminait brusquement à proximité d'un fort ruisseau. Large d'un mètre cinquante, profond de quatre-vingts centimètres, son débit était rapide.

Un saut léger porta Ganaël sur la rive opposée. Il y scruta attentivement la terre sans découvrir le moindre indice du passage des vaches. Pas étonnant que les chiens étaient revenus bredouilles de leur chasse.

La conclusion s'imposait d'elle-même. Puisque les bêtes n'avaient ni avancé ni reculé, elles avaient continué leur route dans le ruisseau. C'était simple et logique !

En procédant ainsi, le voleur se montrait astucieux. D'une part, il déjouait le flair des limiers, d'autre part, il effaçait les traces des animaux. Il lui suffisait de les conduire quelque temps dans ce ruisseau puis de les sortir à un endroit où elles n'occasionneraient aucune d'empreinte. Un chemin goudronné par exemple.

« Très ingénieux, se répéta Ganaël en hochant la tête, mais peut-être pas autant qu'il le pense ! »

Il s'approcha du ruisseau et se mit à en étudier le fond. L'eau claire, d'une transparence absolue, dévoilait son lit pierreux. Une multitude de petits cailloux le tapissait, dérobant toute empreinte à des yeux ordinaires. Le passage d'un troupeau leur serait indécelable.

Le champ de vision de Ganaël se

réduisit à deux faisceaux d'une intensité extraordinaire. Ce qui était passé inaperçu des gendarmes se révéla dans une netteté impitoyable. Les rayures imperceptibles des galets devenaient semblables à des tranchées et les points d'impact à des puits. Une douzaine de secondes lui fut nécessaire pour régler correctement sa vue. Trop d'amplification était aussi inutile pour ses recherches immédiates que pas assez.

Quand il obtint la focalisation idéale, la piste des vaches se détachait au fond de l'eau aussi clairement que dans l'herbe. Là où leurs sabots s'étaient posés subsistait une dépression invisible pour un oeil humain. À ceux de Ganaël, elle prenait l'allure d'un cratère.

Le visage rivé sur la nouvelle piste, il entreprit de la suivre à nouveau. Elle remontait le cours du ruisseau. Toujours concentré sur son fil d'Ariane, pendant trois quarts d'heure, il avança donc ainsi, cahin-caha, butant parfois contre des mottes de terre sans jamais relâcher son attention. Deux kilomètres plus loin, les traces indiquaient un piétinement impatient. Il ne fut même pas surpris de découvrir à cet endroit le macadam d'un petit chemin descendre jusqu'au ras de l'eau.

Le revêtement goudronné était trop dur. Conçu pour résister à des charges de plusieurs tonnes, Ganaël ne put y lire que de la gomme de pneus. D'empreintes de sabots de vaches ? Aucune !

Il longea alors le chemin et fut bientôt arrêté par les lignes défensives d'une clôture de barbelés. La route continuait au-delà dans une propriété privée et se perdait derrière une éminence.

Une main posée sur un des poteaux, il songeait à en écarter les fils pour s'y engager quand une voix forte lui intima l'ordre de ne plus bouger. Son attention entièrement portée sur le bitume, il avait négligé l'environnement immédiat. Un homme grand, visage sombre et mâchoire de granit, sortit de l'ombre d'un chêne massif. Le fusil braqué sur Ganaël, il demanda brusquement :

— Que voulez-vous et qui êtes-vous ?

Ganaël sourit à ces violentes questions et prit un ton insouciant.

— Qui je suis ? Un simple vacancier. Je profite du grand air, je flâne de-ci, de-là et m'intéresse aux curiosités locales.

La réponse claqua, abrupte. L'homme invita sèchement Ganaël à flâner ailleurs et de préférence en enfer. Toujours aussi badin et adoptant le profil classique du touriste un peu bête et dur à la compréhension, il demanda s'il pouvait emprunter la route goudronnée pour retourner au village.

Les yeux du garde se bridèrent subitement tandis que ses mains se crispaient sur la crosse du fusil. Il condescendit toutefois à expliquer d'un ton rogue.

— Ceci est une voie privée qui traverse un domaine privé. Il est interdit à quiconque de l'utiliser, hormis ses habitants.

Le visage exprimant la même béatitude idiote, Ganaël s'enquit du nom du propriétaire. La question innocente déclencha un tonnerre d'imprécations. Pris de démence, le garde lui ordonna de déguerpir au plus vite, sous peine de recevoir une volée de plomb à travers le corps. Pour accentuer sa détermination, il pressa la détente. La cartouche creusa un sillon dans le sol, à dix centimètres des pieds de Ganaël.

Jugeant qu'il en avait suffisamment appris, ce dernier souhaita le bonsoir à l'ombrageux gardien et s'en retourna vers le ruisseau.

Il erra un moment dans les bois, retrouva les traces du veau récupéré le matin et en suivit la foulée à rebours. Elle rejoignait la piste principale à l'endroit où le troupeau était entré dans le ruisseau. La peur de l'eau et la bousculade des bêtes adultes avaient dû favoriser sa fuite. Il s'était éclipsé dans la forêt, seul et désemparé.

Jusqu'au soir, Ganaël courut par monts

et par vaux, comme aux temps d'autrefois quand les elfes sillonnaient la sylve, le pas aussi léger que le vent, les sens aux aguets. Le bruissement des feuilles était une douce musique que le chant clair du ruisseau accompagnait au loin. Les mésanges rivalisaient d'audace avec les pinsons et leurs trilles éclaboussaient l'espace de notes cristallines.

Le scarabée rugissait lorsque la boule qu'il poussait butait contre un caillou ou un éclat de bois. Ganaël entendait alors ses élytres battre fortement et l'écho du choc de ses mandibules sur le sol était une menace pour tout adversaire à sa taille. Nul ne répondait à son défi. Les fourmis paradaient sagement à distance, incurvant la trajectoire des pucerons qui leur servaient de bêtes de somme, pour éviter un combat redoutable.

Plus loin, un papillon raidit sa spiritrompe et la trempa dans une perle de nectar. Ganaël perçut la puissante aspiration et le roulement du liquide sucré dans la trompe. Une fois la perle avalée, le papillon orienta son vol vers une deuxième.

Chaque mètre carré d'humus devenait un champ devant la vision développée de Ganaël. Il y découvrait une profusion de vie et de sons qu'il avait oubliés après ces longs mois dans une grande ville aseptisée.

Émerveillé, il passa des heures à contempler cette vie infime, mais combien stupéfiante qui se déroulait au pied des hommes et des forêts. Des générations entières d'êtres minuscules vivaient, travaillaient, mugissaient, sans qu'aucune oreille humaine n'en captât le son.

Lorsque le soleil projeta sur la terre, à

travers les ramures des arbres, une luminosité différente, un jaune moins éclatant, plus doré, il sut que le soir approchait. Au fil des heures qui suivraient, d'or les rayons se teinteraient d'orange puis de rose. Un rouge pourpre barrerait alors l'horizon pour se foncer de plus en plus jusqu'à se fondre dans un bleu sombre, voisin du noir.

Il abandonna scarabée et papillons, mésanges et pinsons, salua le ruisseau d'un bref au revoir et s'empressa de rejoindre les Reinettes d'un pas vif.

Victorin et ses deux employés apprêtaient le repas du soir quand il toucha les bâtiments. À son arrivée, ils se tournèrent vers lui et le fermier l'invita joyeusement pour le souper.

Il était presque vingt heures. La météo

était au beau fixe et le soleil pas encore couché. Ils dînèrent sur une grande table, dans la cour, afin de profiter de la clémence du temps.

Les discussions roulèrent d'un sujet à l'autre. La plupart avaient trait aux travaux des champs, du verger ou du potager. Entre-deux, Ganaël narra son aventure du début d'après-midi avec la sentinelle, évitant toutefois de mentionner la raison et la façon dont il s'y était pris pour parvenir jusque-là.

— C'est le contraire qui m'aurait surpris, clama Victorin. Ces terres appartiennent à Ballard, il y a placé des gardes un peu partout et n'autorise personne à entrer.

Il secoua la tête avant de reprendre.

— Oui, ce qui m'aurait étonné, c'est qu'on vous accorde le droit d'emprunter ce chemin. Ce n'est un secret pour personne que le nouveau propriétaire défend farouchement ses biens. Il a fait construire cette route jusqu'au ruisseau pour y mener ses bêtes s'abreuver plus facilement, a-t-il déclaré à l'époque, il y a un mois de cela. Ce n'est pas très vieux. Il a bien de l'argent à dépenser en pure perte ! Ce qu'il a gaspillé pour la réalisation de cette route aurait suffi à l'entretien de ma ferme pour un bon moment.

— Je ne m'y connais pas beaucoup dans le domaine de l'élevage, mais il aurait pu remplir leurs abreuvoirs avec l'eau du robinet ou celle d'arrosage. Cela lui serait revenu moins cher.

— Vous l'avez dit ! Pour un citadin, vous n'êtes pas stupide, vous savez !

— Merci.

— C'est la vérité ! L'eau coûte trois fois rien. Le plus étonnant est qu'il dispose d'une mare dans un de ses prés. Les propriétaires précédents l'ont toujours utilisée. Alors, cette route est vraiment superflue. Ce n'est qu'un joujou pour fermier amateur.

— Que faisait-il avant sa vocation agricole ?

— Un métier de voleur ! Avant de se fixer ici, il était homme d'affaires, dans l'import-export, paraît-il. Quelle sorte d'activité ? Personne ne le sait, sinon qu'elles ont été fructueuses vu qu'il en est ressorti de l'argent plein les poches et un compte en banque obèse.

— Je vois. Homme d'affaires cela veut tout dire et rien à la fois. Spéculateur à la Bourse, représentant de commerce ou autre chose de moins glorieux.

— Exactement ! Quoi qu'il en soit, il a beau être riche, ses millions n'achèteront pas ma ferme. Il n'est pas question qu'un rapace de son genre s'approprie les Reinettes et foule mes prairies.

— Je suis de votre avis, Victorin. Il ne m'inspire pas confiance. Il est brutal et violent.

Le fermier acquiesça. Il bougonna deux ou trois paroles indistinctes. L'un des garçons l'interrogea ensuite sur le poulailler et la conversation revint à la préparation des travaux du lendemain.

Après le repas, ils vaquèrent chacun à leurs occupations. Ganaël proposa son aide qui fut acceptée avec enthousiasme. La nuit venue, les hommes prirent le chemin de leur chambre. Ganaël gagna la sienne et, après une toilette rapide, se glissa entre des draps frais. Une torpeur émoussa peu à peu ses sens aiguisés et il sombra dans un profond sommeil.

CHAPITRE 04

L'INCENDIE

Ganaël s'éveilla au milieu de la nuit, l'esprit brusquement en alerte. Son corps dolent convainquant sa raison de la stupidité de son réveil, il glissa dans une langueur somnolente. Une parcelle de sa conscience demeurait cependant en veille. Un léger raclement parvint jusqu'à lui.

Presque instinctivement, le seuil de son audition baissa. Une multitude de bruits infimes emplit la chambre, il les sélectionna et ne retint que ceux en provenance de l'extérieur.

Dans son demi-sommeil, il capta le pas sourd de deux hommes. Sans doute les deux nouveaux employés, lui suggéra sa raison. Le glougloutement d'un récipient qui se vide l'enveloppa un moment dans un voile de brume et l'entraîna aux portes du sommeil. Un frottement abrasif l'irrita, le crépitement qui s'ensuivit le calma un peu. Un ronflement brutal envahit la chambre et cingla ses nerfs. Il mit de longues secondes à réaliser que le frottement qu'il avait perçu était celui d'une allumette et le ronflement, celui d'un feu roulant.

Il se précipita hors de la chambre et reçut à plein nez l'odeur de l'essence, à pleine vue la danse de flammes bondissantes et à plein visage la brûlure d'un brasier. Des pas s'approchèrent du couloir pour fuir aussitôt. Il ne prit pas la peine de les poursuivre et courut prévenir Victorin. L'incendie primait la vengeance. La charpente de la ferme était en bois sec, elle brûlerait en un rien de temps.

Le fermier sauta du lit dès que Ganaël lui cria « au feu ! » en le secouant. Les deux autres garçons, réveillés par le tapage, furent réquisitionnés pour combattre l'incendie.

Les flammes avaient gagné en hauteur durant le laps de temps nécessaire à l'éveil des trois hommes. Elles léchaient déjà les solives de la cuisine et menaçaient la salle à manger. Un tuyau fut tiré de la cour et l'on arrosa abondamment la charpente. Le feu n'avait pas eu le temps de se développer suffisamment pour constituer une menace sérieuse face aux lances qui les bombardaient d'eau. Encore quelques minutes et il serait éteint.

Ganaël se souvint des pas qui fuyaient dans l'arrière-cour. S'il tardait à les prendre en chasse, il ne pourrait plus en retrouver les auteurs. Victorin, accaparé par sa besogne, n'avait pas besoin de ce souci supplémentaire, et les deux garçons lui étaient nécessaires dans son combat contre les flammes. Il sortit donc seul à la poursuite des incendiaires.

Il se félicita de n'avoir emmené personne. Ils auraient provoqué un déluge de sons qui auraient submergé ses sens. Il s'élança dans la direction adoptée par les pas précédemment et s'éloigna le plus possible de la ferme afin que le vacarme de l'incendie ne parasitât pas son ouïe sensible.

Lorsqu'il estima la distance suffisante,

il baissa le seuil de son audition. Comme il s'y attendait, les brasillements infimes de l'incendie occupaient une large partie de son champ auditif. Il le rétrécit et l'orienta en un ultime effort dans l'axe de la fuite des deux hommes.

L'écho lointain de deux pas écrasant le sol du sous-bois le récompensa de sa peine. Les craquements de brindilles, les tassements de l'humus et les froissements de branches à un rythme saccadé et accompagnés de deux halètements précipités étaient signés. Il s'agissait des deux incendiaires, et ils fonçaient droit vers le ruisseau.

Une ribambelle d'oiseaux surgit soudain au-dessus de lui. Effrayés par la fumée et la proximité du feu, ils volaient à tire-d'aile et tournoyaient en pépiant de peur. Leur intrusion submergea l'ouïe de Ganaël d'une infinité de sons variés qui troubla sa concentration et l'empêcha de déceler à nouveau les fuyards. Il était parvenu aux limites de ses capacités. Il avait perçu l'avance des deux hommes à près de deux kilomètres de distance. Cet exploit le stupéfiait encore.

L'heure n'était cependant pas à l'auto-satisfaction. Les deux incendiaires se dirigeaient en amont du ruisseau et il était prêt à parier quelle était leur destination finale.

Adoptant un trot rapide, il mit le cap sur la ferme des Bottines. Une demi-heure plus tard, il contemplait les fils de fer barbelés qui défendaient le domaine. Ils étaient à peine visibles dans cette nuit sans lune, le blafard du métal se confondant avec la grisaille nocturne.

Enseigné par l'expérience de l'après-midi, il sonda les environs. La respiration bruyante d'un homme aux aguets s'éleva de l'autre côté de la clôture. Il s'en éloigna et d'une centaine de mètres. Sous la protection d'un buisson d'aubépine, il écarta deux fils et se glissa dans la propriété. Dans l'intervalle, la respiration du garde s'était ralentie : la somnolence le gagnait.

Rassuré, Ganaël se remit en marche.

À pas de loup, il traversa plusieurs champs et arriva bientôt en vue de la ferme, une grande et vieille bâtisse comportant un étage. Un problème se posa soudain à lui. Il avait réussi à pénétrer sur les terres interdites, d'accord, mais pour quoi faire ?

Dans sa précipitation, il avait négligé ce détail pourtant primordial. Son esprit réagit promptement.

Il devait trouver des preuves, ici, dans cette ferme, que son propriétaire avait commandité l'incendie. Sans cela, aucun magistrat au monde n'accorderait foi à ses déclarations. Entendre le pas de deux hommes s'approcher des prairies appartenant à Ballard n'attestait pas que ce dernier était responsable de la mise à feu des Reinettes ni que leurs auteurs avaient un rapport avec lui. Ils avaient pu longer les champs pour profiter du petit sentier qui épousait leur ligne et se rendre ailleurs. D'autre part, personne ne croirait en ses étonnantes facultés et, pour rien au monde, il ne les dévoilerait.

Il lui fallait des preuves réelles de culpabilité. Et celles-ci, il ne les trouverait que dans la ferme.

Il avança donc à pas menus vers l'entrée principale. Les ténèbres l'enveloppaient de leur cocon noir, empêchant quiconque de déceler sa présence. Il commençait à baisser son audition, afin de localiser un garde éventuel, quand le sol se déroba sous ses pieds.

Dans un fracas de feuilles brisées, il tomba lourdement dans une fosse de trois mètres de hauteur. Le choc de la réception lui meurtrit les épaules et les jambes. Une douleur lancinante remonta le long de son corps alors qu'une sirène lui vrillait les tympans. Elle hurlait des sons discordants sur tous les registres auditifs. Il dut plaquer ses mains contre ses oreilles pour s'en préserver.

Vivement, il se redressa et voulut

s'échapper de la crevasse. Les parois circulaires, lisses et inclinées à 35° se rétrécissaient au sommet en forme d'entonnoir inversé, interdisant toute escalade. C'était un véritable piège destiné à immobiliser les intrus imprudents.

Il n'eut pas le temps de se reprocher son manque de discernement, non plus que de rechercher un moyen d'évasion. Ameutés par l'alarme, une demi-douzaine d'hommes avaient cerné la crête de l'excavation, fusils braqués sur sa personne.

La sirène cessa d'un coup. La voix sèche et dure de Ballard apparut fort grêle en proportion.

— Éclairez-moi, vous autres !

Le faisceau d'une lampe électrique déchira les ténèbres de la fosse, aveuglant Ganaël.

— Tiens, donc ! Mais on se connaît, il me semble. Nous avons capturé une étrange créature, vous n'êtes pas de mon avis, les gars ?

Un concert d'acquiescements monta du petit groupe.

— Voilà un gibier intéressant, doublé d'un sale menteur qui se prétend le neveu de Victorin.

Du fond de sa fosse, Ganaël ne put supporter une telle accusation.

— Au risque de vous offenser, je n'ai rien avancé de tel. Cette affirmation est de votre fait, je me suis borné à vous écouter sans rien confirmer ni démentir.

— Je m'en suis aperçu un peu plus tard lorsque j'ai croisé Victorin au village et que je le félicitais d'avoir un neveu aussi intelligent, un coup de brosse à reluire ne coûte rien si l'on veut parvenir à ses fins, d'autant que je m'attendais à ce que vous l'incitiez à me vendre sa ferme. Il a éclaté de rire en constatant que je vous prenais pour son neveu. J'ai été la risée des villageois présents et, je vous assure, mon estime pour vous est tombée extrêmement bas.

Il martela ces derniers mots en brandissant son fusil d'un geste agressif. Ganaël ne broncha pas. Qu'aurait-il pu faire, désarmé, au fond du piège ? Il essaya de filtrer à travers ses doigts la lumière crue de la torche avec un succès mitigé. Le puissant faisceau lui blessait la rétine. Il parvenait juste à discerner des silhouettes noires sur le voile étoilé du ciel.

Le fermier reprit plus sèchement.

— Savez-vous, sale petit morveux,

qu'à la suite de ces quolibets, j'ai perdu mon calme ? Victorin et moi-même en sommes venus aux mains, rendant ainsi impossible une négociation commerciale ultérieure.

— Il ne m'en a rien dit.

— Je m'en moque ! La conséquence de cette rixe est inestimable. Mes projets sont ruinés. Jamais Victorin ne vendra les Reinettes à un homme avec lequel il s'est battu. Et cela est de votre faute !

— Vous m'accordez une importance que je n'ai pas. Victorin n'était pas disposé à vous céder sa propriété et vous le savez bien puisque vous vouliez que je le presse de changer d'avis.

La voix du nouveau fermier se fit railleuse.

— Vous ignorez le monde des affaires. Tout s'achète si l'on y met le prix et si l'on s'y prend correctement. Je veux cette ferme et je l'aurais. Ce n'est pas un vieux paysan rabougri qui me résistera.

Un ricanement éructa de sa gorge, amplifié par cinq autres gosiers aux tonalités rocailleuses. L'instant d'hilarité passé, il se pencha au-dessus de la fosse.

— Je n'aime pas les fouineurs ! L'un de mes gardes m'a déjà rapporté que vous aviez cherché à vous introduire chez moi cet après-midi. Et ce soir, vous voilà à nouveau sur mes terres. C'était sans compter sur les pièges que j'ai installés. Vous avez eu de la chance d'être arrivé jusqu'ici et d'avoir évité les autres. La fortune vous a abandonné finalement, mon tour de rire est venu à présent !

Un nouveau ricanement froid et grinçant ponctua cette dernière phrase. Il questionna ensuite Ganaël sur la raison de sa présence et sur ce qu'il prévoyait d'y entreprendre. L'enfant des elfes refusa de discuter davantage et exigea qu'on le sortît de son trou. Après dix minutes de ce dialogue de sourds, le fermier clôtura le débat.

— Soit ! Puisque vous avez décidé de rester muet, je ne vais pas perdre mon temps à vous interroger. J'ai une meilleure idée. Je suis persuadé que demain matin vous serez revenu à des sentiments plus conciliants. Une nuit à la fraîche vous rendra plus bavard. D'ici là, je vous prépare une petite surprise que vous apprécierez sûrement. Bonsoir !

Le faisceau se détourna puis disparut. Les ténèbres remplirent la fosse tandis qu'il s'éloignait, un rire méchant aux lèvres. La porte d'entrée de la ferme se referma sur lui et sur ses hommes.

Les parois de terre entourant Ganaël l'isolaient. Il avait beau tendre l'oreille, il ne captait que le glissement des lombrics au cœur de l'humus, la reptation d'une taupe et le crissement d'autres menus insectes indéterminés. Mais de la maison, il n'en entendait rien.

Les centaines de mètres cubes de terre faisaient échec à son ouïe. Les seuls sons humains qu'il percevait étaient ceux du garde au sommet de la fosse et qui se tenait assis sur une grande pierre, le fusil sur les genoux. Ganaël écouta un moment les battements de cœur de la sentinelle, le grondement régulier du sang roulant dans ses veines, le cliquetis de ses articulations quand il remuait une main ou un pied, puis s'en désintéressa. Il examina une fois encore le piège. Impossible d'en sortir sans une corde ou une échelle. Il était prisonnier !

Alors, il s'accroupit, ramena ses pieds contre lui et s'assoupit.

Les fantômes des Reinettes.

CHAPITRE 05

LA MÉPRISE

Un rire bruyant et un piétinement nerveux sortirent Ganaël de son sommeil. Il faisait grand jour. Ses muscles engourdis crièrent de douleur quand il s'étira et se releva. La face rude de Ballard surplombait la fosse.

— Bien dormi, l'espion ? lança-t-il joyeusement.

Les lèvres closes, l'enfant des elfes haussa les épaules.

— J'espère que les moustiques ne vous

ont pas aspiré tout le sang et que vous êtes encore capable d'articuler quelque chose. Ah, ah, ah !

Ses hommes de main imitèrent son rire glacial, en plus discordant.

— Vous n'avez pas le droit de me garder ici, le fustigea Ganaël. C'est illégal ! Cela s'appelle une séquestration et je me réserve le loisir de porter plainte et de vous poursuivre en justice.

— Et moi, également, contre vous, pour vous être introduit chez moi durant la nuit. Violation d'une propriété privée, cela vous dit quelque chose ?

Un point partout, songea Ganaël. Il était en aussi mauvaise position que son adversaire. Au regard de la loi, ils avaient tort tous les deux. Le fermier reprit d'un ton patelin.

— Ne vous inquiétez pas ! Vous avez beau être un sale fouineur, je ne conserve aucune acrimonie envers vous. Même si vous avez été dépêché par Victorin pour m'espionner.

— Je vous assure qu'il n'en est rien. Je me trouve ici de ma propre initiative.

— Non, n'ajoutez rien ! Je suis sûr de ce que j'affirme. Et pour vous prouver que je ne vous garde pas rancune de votre intrusion, je vous rends votre liberté sans aucune condition.

Sur un signe de sa part, deux hommes s'avancèrent et jetèrent une corde épaisse dans la fosse. Ganaël en saisit l'extrémité et fut promptement ramené à la surface. On l'aida à se mettre debout, on alla jusqu'à brosser sa chemise pour en expulser les particules de terre. Tant de sollicitudes de la part de précédents ennemis l'irritèrent au plus haut point. Il finit par les repousser et prit un air buté.

Une expression sardonique empreignait les visages des six hommes autour de lui.

— À quoi jouez-vous ? Que signifie cet accueil ?

Ballard protesta innocemment.

— Voyons, je viens de vous l'indiquer, je vous libère.

— Comme cela ?

— Oui, comme cela !

Une ironie mordante perçait dans le ton de sa voix et une lueur moqueuse dansait dans ses yeux noirs. Son revirement était trop subit pour être honnête. Toute son attitude hurlait la duplicité.

— Vous voulez dire que je peux

quitter votre ferme sur-le-champ et sans ennuis ?

— Exactement.

Il s'effaça et désigna le petit chemin goudronné qui traversait sa propriété.

— Prenez cette route ! Vous arriverez directement au ruisseau. À partir de là, vous n'avez pas besoin de dessin à ce que j'ai compris, vous connaissez suffisamment les environs pour regagner les Reinettes.

Ganaël hocha la tête. Embarrassé et la conversation tarie par un tel retournement, il prit congé de ses cerbères et se hâta vers les terres de Victorin. Tout en marchant, il s'interrogeait sur la soudaine largesse de Ballard. Ses libéralités étaient d'autant plus suspectes que ses propos de la nuit dernière présageaient un règlement de comptes violents.

De guerre lasse, il chassa de ses pensées cette attitude incompréhensible et accéléra son pas.

Depuis le sommet d'une butte, il aperçut au loin les deux garçons de ferme de Victorin dans les champs. Il était plus de sept heures, ils étaient au travail depuis l'aube. Il leur fit un signe amical de la main. Ils répondirent par un petit cri et interpellèrent leur patron, courbé plus loin sur le moteur d'un tracteur.

Il resta sur le registre auditif ordinaire des humains. Il lui répugnait d'écouter à distance les conversations de ceux qu'il considérait comme des amis. Cela aurait été un viol de leur intimité, il s'y refusait. Il dévala l'éminence et, durant quelques minutes, les perdit de vue.

Son absence avait dû les inquiétait.

Disparaître ainsi au milieu de la nuit, peut-être le croyaient-ils sujet à une peur panique du feu et en train d'errer dans la forêt l'esprit dérangé. Pourvu qu'ils n'en aient pas informé les pompiers ! Dévoués au bien public, ils étaient fort capables de le rechercher des heures durant dans les bois limitrophes.

Les trois hommes apparurent au détour d'un sentier. Ils marchaient à grands pas, Victorin portant toujours son fusil sur le bras. Ganaël lui cria un bonjour. Sa bonne humeur se mua en perplexité lorsqu'il vit le fermier lever son arme et presser la détente. Il n'attendit pas que l'index achevât son trajet pour se jeter à plat ventre sur le sol. Un projectile siffla au-dessus de lui. Il roula vivement sur lui-même, esquivant de peu une seconde balle.

La carabine était à deux coups ; il pouvait se relever.

— Qu'est-ce qui vous prend, Victorin ? s'exclama-t-il. Vous ne me reconnaissez pas ? Vous m'avez invité hier chez vous.

À ces mots, le fermier s'élança vers lui, brandissant le fusil par le canon, dans l'intention manifeste d'en abattre la crosse sur sa tête. Le temps pour Victorin de courir vers lui, Ganaël était debout, sur le qui-vive. Il évita souplement le coup de massue et arracha le fusil. Le visage crispé par la rage, Victorin l'agrippa par la chemise et ils roulèrent par terre.

Après quelques minutes de confusion et de cris divers, les deux garçons les séparèrent. Ganaël, interloqué, répétait.

— Qu'est-ce qui vous prend,

Victorin ? Vous êtes devenu fou ou quoi ? Pourquoi cette attaque ?

— Pourquoi ? Cracha le fermier, rouge de colère. Sale petit incendiaire, vous osez me demander pourquoi après ce que vous avez fait cette nuit !

— Ce que j'ai... Oh, non ! Vous ne pensez tout de même pas...?

— Ne m'insultez pas en essayant de nier. Moi qui vous ai ouvert les portes de ma maison, qui vous ai accueilli chez moi comme un fils, qui vous ai offert le gîte et le couvert… ah, vous avez dû vous tordre de rire devant ma naïveté quand vous prépariez votre mauvais coup !

Il leva le poing, menaçant.

— N'ajoutez rien de plus ou je vous assure que je fais un malheur. Une seule parole, un geste et je recharge mon fusil pour abattre la vermine que vous êtes.

— Monsieur Victorin... supplia le garçon qui le retenait par le bras.

— Oui, tu as raison, Roger ! Je ferai ce que m'ont conseillé les gendarmes. Vous deux, emmenez-le à la ferme et veillez à ce qu'il ne vous échappe pas !

Encadré par les deux employés qui le tenaient solidement, Ganaël fut poussé manu militari jusqu'à la vieille demeure et assis d'autorité sur l'une des chaises. Une corde passée rapidement autour de son buste, de ses bras et de ses jambes, le lia à son siège.

Au téléphone, Victorin réclama d'urgence la venue d'une patrouille en se targuant à voix forte de la capture de son incendiaire. L'oreille tendue, nonobstant toute intimité verbale vu sa situation,

Ganaël écouta la réponse de l'interlocuteur. Il entendit aussi distinctement que le fermier, à cinq mètres de là, la voix masculine affirmer dans l'écouteur que trois hommes seraient sur les lieux dans le quart d'heure suivant.

Effectivement, les quinze minutes ne s'étaient pas écoulées qu'une voiture bleue se garait dans la cour. Trois gendarmes en descendirent et félicitèrent Victorin pour la promptitude de sa capture. Les liens de Ganaël furent coupés. Des menottes les remplacèrent, avilissantes poignes de métal qui le désignaient clairement comme l'auteur du forfait, ce qui l'indignait au plus haut point.

Emmené de force à la gendarmerie, on le fit asseoir dans une pièce grise et l'interrogatoire commença.

Peu d'événements insolites survenaient à Saint-Amond, petit village perdu dans la campagne. L'incendie criminel de la cuisine des Reinettes et la capture du suspect avaient embrasé les imaginations. Ils étaient tous là, du brigadier à la secrétaire, pour assister au spectacle.

On lui demanda son nom, sa profession, la date de son arrivée et l'objet de sa présence dans le pays. Quand il mentionna une simple visite d'agrément et trois jours de camping sauvage, des sourires narquois éclairèrent les visages. On hochait la tête à l'adresse de son voisin d'un air entendu qui signifiait : « cause toujours mon bonhomme, on connaît le refrain ! »

Il essaya d'écarter ces réflexions muettes de son esprit pour répondre de son mieux au brigadier. Il conta les épisodes de cette nuit, comment il avait été réveillé par un bruit suspect, avait aperçu la cuisine en flamme, avait alerté le fermier et couru après les deux incendiaires.

— Comment savez-vous qu'ils étaient deux ? Vous les avez vus ? Décrivez-les-nous !

Les questions se succédaient sur un rythme rapide. Que raconter qui ne trahirait pas ses surprenantes facultés ? Il s'embrouilla un peu et marmonna qu'il supposait qu'ils étaient deux d'après la résonance de leur pas dans la cour, une forme d'intuition en quelque sorte.

— Et c'est l'intuition qui vous a poussé à vous enfuir des Reinettes en laissant Victorin et ses gars se débrouiller seuls pour éteindre le feu ?

— L'incendie était sur le point d'être maîtrisé lorsque je suis sorti. Ma présence était superflue. Cela dit, je ne me suis pas enfui, j'ai voulu simplement rattraper les véritables incendiaires avant qu'ils ne disparaissent définitivement.

— Et vous les avez attrapés ? Après toutes ces heures à courir après eux, vous êtes certainement parvenu à un résultat ?

— Eh bien...

— Comment ? Des heures de poursuite pour rien ! Où avez-vous donc passé la nuit ? Mettez-vous à table et pas de faux-fuyants !

— J'étais chez Ballard.

Des exclamations fusèrent de part et d'autre. L'information était d'importance. Le brigadier intima le silence à son monde et commenta d'un air matois.

— Décidément ! Vous êtes un habitué des fermes. Et que faisiez-vous chez cet honorable citoyen ? Vous aurait-il invité lui aussi à dormir dans sa maison ?

— Pas vraiment. En fait, j'ai supposé que les incendiaires avaient traversé les champs de Ballard dans leur fuite. J'ai donc suivi ce que je pensais être une bonne piste et je suis tombé dans un trou.

— Un trou ! s'exclama le brigadier en haussant un sourcil. Comment cela dans un trou ?

— Une sorte de fosse pour gros gibier creusé par Ballard pour piéger les intrus. Il n'a pas voulu m'en sortir avant ce matin, j'ai dormi à même le sol.

— C'est triste pour vous, ironisa le brigadier.

Nouveaux sourires et hochements de

tête des spectateurs. Des murmures s'élevèrent en sourdine que l'officier de gendarmerie réprima d'un geste autoritaire.

— Quoi qu'il en soit, il peut creuser autant de fosses qu'il le désire. Ses terres lui appartiennent ! En revanche, votre cas est litigieux. Vous vous êtes introduit nuitamment chez quelqu'un qui ne vous y avait pas invité. C'est une violation de propriété qui vous vaudra une belle amende s'il se décide à porter plainte.

— Mais lui aussi est en tort, répliqua Ganaël, il n'avait pas le droit de me garder au fond de ce trou jusqu'au matin !

— Nous verrons cela plus tard. Ce n'est que broutille dans l'affaire qui nous intéresse. Dubois, apportez-moi la pièce à conviction !

Un homme grand, maigre, sec comme

une branche morte, se précipita hors de la salle. Les gendarmes et la secrétaire profitèrent de cet intermède pour échanger des réflexions à voix basse. Ganaël ne se donna pas la peine de les écouter. Il était trop occupé à chercher une idée qui le sortirait de son embarras.

Dubois revint peu après et les conversations s'éteignirent.

— Reconnaissez-vous cet objet ?

— Oui. C'est mon sac à dos. Comment se fait-il qu'il soit entre vos mains ?

— Les questions, c'est moi qui les pose, d'accord ?

Même si Ganaël ne l'était pas, le représentant de l'ordre n'aurait pas tenu compte de son avis. Il opina donc du chef et regarda l'officier ouvrir son sac. À première vue, toutes ses affaires y étaient. Il apercevait des chemises lui appartenant, des pantalons, une gourde... Le fermier Victorin, persuadé de sa culpabilité, les avait remis intacts aux gendarmes.

Le brigadier écarta plusieurs vêtements et sortit une bouteille emmaillotée dans un grand tissu blanc.

— Et cela, qu'est-ce que c'est ?

— C'est une bouteille. Même sous ce linge, la forme est reconnaissable.

Pour tout commentaire, le gendarme la lui mit (toujours enveloppée) sous le nez. Une forte odeur lui emplit les narines.

— De l'essence !

Un large sourire de contentement étira la face de l'homme de loi.

— Eh, oui ! de l'essence. Par un malheureux hasard, l'incendie des Reinettes a été déclenché après une aspersion de ce liquide. Vous saisissez ce que cela signifie, n'est-ce pas ? Et vous comprenez pourquoi la découverte de cette bouteille aux trois quarts vides dans votre sac à dos vous désigne nommément comme son auteur.

— C'est faux ! Je n'ai jamais eu de bouteille d'essence sur moi. Et d'abord, que faisait-elle dans mon sac ?

— Ce serait plutôt à vous de nous l'apprendre, vous ne croyez pas ?

— Mais elle ne m'appartient pas ! Examinez-la, analysez les empreintes qui s'y trouvent, vous n'y verrez pas les miennes.

— Comment le savez-vous ?

— Parce que je ne l'ai jamais touchée.

— Ou bien parce que vous portiez des gants ou, mieux, parce que vous l'avez essuyée avant de l'utiliser... Nous avons déjà procédé à des vérifications. Les empreintes ont été effacées et la bouteille a été manipulée avec son chiffon.

L'interrogatoire dura trois heures pleines, trois heures entrecoupées d'exclamations, d'une pause casse-croûte où les employés de la gendarmerie dégustèrent leur en-cas avec toute la lenteur requise, dans le but de faire saliver un suspect n'ayant rien avalé depuis la veille. Cette puérile tentative pour l'amener à craquer et avouer son forfait échoua lamentablement. Ganaël nia catégoriquement leurs accusations.

Malgré les réticences du brigadier à lui donner des informations, il apprit néanmoins au fil des questions, que deux heures après sa disparition, le téléphone avait sonné aux Reinettes. Une voix anonyme avait soufflé à Victorin que l'incendiaire était son récent invité et qu'il découvrirait une bouteille d'essence dans son sac. L'interlocuteur avait raccroché aussitôt et Victorin, intrigué par l'appel et par l'étrange absence de Ganaël, s'était rendu dans sa chambre. Il n'avait pas eu besoin d'ouvrir ses effets pour reconnaître l'odeur si caractéristique de l'essence. Il avait de suite contacté les services de la gendarmerie.

« Je comprends maintenant pourquoi il était si en colère, songeait Ganaël. Toutes les preuves sont contre moi. Il croit sincèrement que j'ai allumé le feu dans sa propriété.»

Le jeune elfe argua pour sa défense qu'il avait alerté le fermier dès les premières flammes. Le brigadier balaya ses propos d'un revers de la main.

— Les pyromanes sont habiles à dissimuler leurs actes derrière une façade innocente. C'était votre façon à vous de détourner les soupçons.

Il ne laissa pas Ganaël protester en retour et lui signifia sa prochaine mise en examen pour incendie criminel. À partir de cet instant, il serait en liberté surveillée avec interdiction de quitter la commune. Il logerait à l'auberge de Saint-Amond en attendant la convocation du juge d'instruction qui serait chargé de l'affaire. On lui suggéra qu'il serait judicieux pour lui de profiter de cet intervalle pour rassembler le maximum d'argent auprès d'une banque ou d'amis, en vue de payer les dommages et intérêts que Victorin ne manquerait pas d'exiger. En effet, si la structure de la ferme n'avait pas beaucoup souffert grâce à l'action rapide des habitants, les flammes avaient eu le temps de réduire en cendre le mobilier et de carboniser le plafond et les murs. La restauration du lieu coûterait une jolie somme !

Abasourdi, Ganaël ne savait s'il lui fallait se réjouir de ne pas être jeté directement en prison ou bien se lamenter sur sa mise en cause et sur les condamnations que le juge lui assènerait ultérieurement. Il se vit avec effroi seul face à un tribunal et sa photo à la une de la presse.

Il frissonna.

Les fantômes des Reinettes.

CHAPITRE 06

LE PIÈGE SE REFERME

Avant de sortir de la gendarmerie, Ganaël récupéra quelques vêtements de rechange. Le brigadier conserva la bouteille d'essence et le sac à dos. Il lui confisqua aussi son téléphone le temps de l'enquête. Ganaël avait bien protesté, mais le représentant de la loi lui ayant intimé de choisir entre la garde à vue de son appareil ou celle de sa personne, il s'était incliné. « Ce sont des pièces à conviction, déclara-t-il avec solennité. Jusqu'à nouvel ordre, elles restent entre les mains de la justice. C'est-à-dire, les nôtres ! » Il lui indiqua ensuite le chemin de l'hôtel et lui recommanda une nouvelle fois de ne pas s'aventurer hors des limites de la commune sous peine d'être recherché par les forces de l'ordre et emprisonné sans autre forme de procès.

Ganaël l'assura de sa bonne volonté, pressé qu'il était de quitter les lieux.

L'auberge du Sanglier, seul et unique hôtel de Saint-Amond, l'accueillit à bras ouverts. Son histoire avait déjà fait le tour du village et le patron était ravi d'avoir chez lui un client aussi prestigieux. Peu lui importait la nature, bonne ou mauvaise, de cette notoriété, l'essentiel était que son client fût célèbre ! Il observerait et décortiquerait ses faits et gestes dans les moindres détails puis les rapporterait, en les enjolivant cela va de soi, à toutes les oreilles qui se prêteraient à sa narration. Ainsi, il serait lui-même une vedette, quelqu'un qu'on écoute avec respect et attention.

Ganaël avalait distraitement son omelette aux champignons, en repassant les événements de la nuit dernière jusqu'à son départ de la gendarmerie. Ballard avait mis le feu aux Reinettes, ou l'avait ordonné à l'un de ses hommes, il en était convaincu. Il revoyait son visage moqueur, la lueur narquoise de son regard lorsqu'il l'avait sorti de la fosse et lui avait rendu la liberté. Savait-il à ce moment-là les ennuis qui le guetteraient dès son retour aux Reinettes ? Il y avait fort à parier que tel était le cas, sinon jamais il n'aurait usé de tant d'amabilités à son égard. Après les invectives de la nuit, il lui aurait plutôt administré une sévère admonestation, voire une volée de coups.

À la réflexion, il s'agissait d'une machination de sa part. Il avait depuis belle lurette demandé à l'un de ses hommes de placer la bouteille d'essence dans son sac et d'appeler ensuite Victorin. Le piège se refermerait alors sur le seul coupable évident. Lui !

Ganaël hocha la tête. Cela ne lui avançait guère de se ronger les sangs sur sa sournoiserie. De l'extérieur, il apparaissait totalement innocent. Quelle charge serait-il en mesure de présenter contre lui ? Aucune. Le bonhomme était rusé. Manifestement, il n'en était pas à son coup d'essai en matière d'intrigue. Les Affaires avaient dû exacerber son sens inné de l'embrouille et du bidouillage.

L'aubergiste, empressé, ne cessait d'aller et venir dans la salle à manger, s'enquérant de son appétit et de ses désirs. Lorsqu'il ne faisait pas la causette, il avait toujours un bon prétexte pour se tenir à proximité, essuyer une table, ranger des chaises, en le couvant d'un regard torve.

Plongé dans ses pensées, Ganaël ne remarqua pas de prime abord son manège. Au bout d'un moment, il devint évident que l'homme n'arrêtait pas de l'observer. Il en conçut de l'irritation. Il expédia son dessert puis monta dans sa chambre pour une courte toilette. Une demi-heure plus tard lavé, coiffé, des vêtements frais sur le dos, il arpenta les rues étroites de Saint-Amond pour une promenade digestive.

Le temps était toujours aussi chaud.

En ce début d'après-midi, le soleil dardait des rayons propres à calciner la terre sèche et craquelée qui s'étendait au-delà de la dernière maison. Les frontières communales s'étiraient fort heureusement loin du centre résidentiel de Saint-Amond. Ganaël pouvait donc musarder à travers la campagne proche sans encourir les reproches de la loi.

Les blés étaient mûrs. Leurs tiges hautes se balançaient au gré du vent à deux mètres au-dessus du sol.

Bientôt viendrait le temps des moissons. D'énormes engins agricoles entreraient en action pour extraire les précieuses graines des lourds épis.

Marchant lestement sur les chemins de terre qui serpentaient entre les champs, Ganaël se dirigeait d'un pas sûr vers les Bottines. La propriété était située à la limite nord de Saint-Amond, mais toujours dans ses frontières, il avait l'intention de la rejoindre et de découvrir quelque chose sur le néo-fermier ; n'importe quoi pourvu que ce fût illégal ! Pour s'être conduit de façon aussi malveillante, il ne devait pas avoir les mains nettes. Un homme capable de mettre le feu à la maison de son voisin et d'en jeter la responsabilité sur un innocent cachait forcément d'autres vilenies dans son placard. Si Ganaël les trouvait, il serait lavé de cette accusation d'incendiaire qui lui pesait depuis le matin.

Après un quart d'heure de marche rapide, il ne fut plus vraiment sûr de la position exacte des Bottines. Avisant un poteau téléphonique, il courut jusqu'à lui et en entreprit l'escalade. À quatre mètres au-dessus du sol, le monolithe de béton

111

n'arborait que d'étroits degrés à peine suffisants pour y glisser le bout des pieds.

Au-delà des champs de blé, il vit tout d'abord les Reinettes. Il en était très proche, beaucoup plus qu'il ne l'avait estimé. Dans un mouvement circulaire, il repéra ensuite le fameux ruisseau emprunté par les vaches, puis le chemin goudronné et enfin les Bottines.

Les muscles extraordinairement sensibles de ses pupilles se contractèrent et les deux kilomètres le séparant des Bottines s'effacèrent soudainement. La vision qu'il en obtenait était identique à celle d'une jumelle de très forte puissance. Il voyait la grande maison blanche comme si elle n'était qu'à dix mètres de lui.

La ferme paraissait déserte. Personne dans la cour si ce n'était une nichée de poussins. Il survola le domaine de part et d'autre sans but précis quand un reflet doré éveilla son attention. Il revint légèrement en arrière, juste au moment où une chevelure blonde se balança devant une fenêtre au premier étage.

Les barreaux épais quadrillant la croisée l'intriguèrent. De telles défenses étaient rares à la campagne !

Les longs cheveux d'or pâle continuaient leur ballottement heurté. Ils ondulaient sous le moindre mouvement de tête de la jeune fille. Un bref instant, son profil charmant se dessina dans l'embrasure. Elle s'exprimait avec véhémence en agitant les mains. Ganaël nota son visage rouge de colère et son œil révolté.

Il tendit l'oreille sans succès. Des millions de sons s'élevaient autour de lui.

Pas de fourmis, courses d'araignées, battements frénétiques d'ailes de papillons et de guêpes, le tout bercé par le chant du ruisseau, la symphonie émanant du bruissement des blés et le grondement insensé de la brise. Non, en plein jour, et de là où il était, il ne pouvait renouveler l'exploit de la veille. Les paroles de la jeune fille lui étaient interdites.

Il se contenta donc de son unique vision, pour peu de temps hélas ! Le visage adorable fut remplacé par celui, féroce, de Ballard. Il semblait également hors de lui. Ganaël devina une dispute entre lui et la fille, la sienne probablement. D'un geste brusque, l'homme referma la fenêtre. Le reflet du soleil sur les vitres étincelantes formèrent soudainement une barrière de flammes qui lui déchira la vue.

Les pupilles blessées, Ganaël inclina la tête et la plaqua contre le poteau. Au bout d'une minute, il estima sa vue suffisamment reposée et ouvrit à demi les paupières. Le déluge de lumière réfléchie par les vitres lui était un peu plus supportable. Il ne s'aventura pas à les regarder à nouveau en face, préférant remettre son observation à plus tard.

Qu'allait-il faire, maintenant ? Rester là ou redescendre ?

Il se tourna par curiosité vers les Reinettes. À cent mètres à peine de sa vigie, une fumée blanchâtre s'élevait en volutes légères. Des crépitements caractéristiques lui parvinrent au même instant ainsi que le jaune d'or de flammes avides.

Le feu venait de se déclarer dans un champ !

Ganaël dégringola de son perchoir et précipita vers le foyer primitif. Par ce bel été torride, les grandes tiges sèches s'embraseraient dès la première étincelle. Il devait à tout prix étouffer le feu pendant qu'il n'en était qu'à son début.

Il fendait les hauts blés dans une course insensée. Parvenu à destination, une muraille de flammes avait remplacé le ténu foyer. La chaleur en était insupportable. Il recula pour éviter d'être rôti vivant. Le vent attisa le brasier qui se tendit vers lui en des langues voraces. Cinq secondes plus tard, il était pratiquement cerné. Un loriot jaune tomba à ses pieds en gémissant, assommé en plein vol par la fournaise. Il le ramassa, le glissa dans sa chemise sous sa veste et se rua vers l'unique passage non encore gagné par l'incendie.

Désormais, il ne luttait plus pour arrêter le feu, mais pour sauver sa vie. Il crut ne jamais pouvoir s'échapper de ce piège infernal. Des flammes le léchèrent comme il bondissait à travers les blés, il en sentit la morsure sur sa peau. La manche droite de sa veste prit feu. Il l'éteignit de sa main gauche, se brûlant cruellement dans cette opération. Il toucha enfin la route et s'effondra exténué sur le bitume.

Le hurlement d'une sirène déchira soudain l'atmosphère. Un camion rouge freina peu après et une poignée d'hommes en jaillit, un tuyau à la main. Le temps de dérouler leur batterie, le champ n'était plus qu'une nappe de cendres ardentes. Le brasier s'était déjà propagé à un deuxième champ jouxtant le premier. Les jets d'eau sous-pression furent impuissants à enrayer

117

sa progression. Cinq minutes plus tard, lui aussi était ruiné.

Un petit groupe de badauds d'une quinzaine de personnes s'était rassemblé autour du camion des pompiers, commentant âprement la rapidité du désastre. La voiture bleue de la gendarmerie surgit au moment où Victorin, abattu, arrivait accompagné de ses deux employés. Apercevant Ganaël assis en bordure du chemin, son hébétude se mua brusquement en rage noire. Il se précipita sur le vacancier en hurlant.

Les gendarmes le retinrent au dernier moment. C'est à peine si le fermier avait conscience de leur présence tant il était déchaîné. Il accusait ouvertement Ganaël d'avoir mis le feu à ses champs après avoir tenté d'incendier sa ferme.

Le brigadier s'avança, la mine sombre. Ganaël se leva, craignant le pire.

— Alors le touriste ? Toujours là quand se déclare un sinistre ?

Que répliquer à une telle insinuation ? Il n'eut pas le temps de trouver une réponse appropriée, le brigadier reprenait.

— J'ai discuté avec le capitaine des pompiers. Il paraît qu'en arrivant, il vous a vu assis là à admirer le feu.

L'allégation qui sourdait de ces propos était si manifeste que Ganaël se rebiffa.

— Il a mal interprété la scène, brigadier. Je n'étais pas assis, mais effondré après une course de centaines de mètres dans les champs. Je viens tout juste de retrouver ma respiration. J'étais sur le point de m'évanouir tant je suffoquais à cause de la chaleur et du manque d'oxygène. Vous n'avez pas l'air de vous en rendre compte, j'ai failli périr au milieu des flammes.

— C'est ce qui arrive quand on joue au pyromane !

— Quoi ?

— Épargnez-moi vos protestations. Dites-moi plutôt ce que vous faisiez là, au moment précis où les champs de Victorin prenaient feu !

— Euh... voilà... commença Ganaël.

— Assez ! coupa le brigadier. Nous finirons cette conversation au poste.

De nouveau, on lui posa interminablement les mêmes questions. Il avait l'impression de rejouer le mauvais film du matin, avec les mêmes personnages (du brigadier à la secrétaire) et la même pause casse-croûte, à seize heures cette fois-ci.

— Croyez-vous au hasard ? Demanda le brigadier à brûle-pourpoint. Pas moi ! Certaines coïncidences sont trop extraordinaires pour être vraisemblables. Comme ces deux incendies successifs qui se déclarent justement en votre présence et à quelques heures d'intervalle. Vous êtes impliqué dans le premier, nous en avons la preuve. Vous mettez donc le feu aux Reinettes la nuit dernière. Alors comment voulez-vous que l'on ne vous soupçonne pas de l'incendie de cet après-midi ?

— Mais, je n'ai pas mis le feu aux Reinettes !

Les bras levés, le brigadier coupa court à de nouvelles protestations.

— Je sais, je sais, vous niez ce crime en dépit des évidences. Et vous niez être l'auteur de l'incendie des champs de

Victorin. Que lui voulez-vous à ce brave fermier ? Pourquoi cette haine ?

— Je vous l'ai déjà dit. Je n'ai rien contre lui, c'est un homme à qui je porte beaucoup d'estime.

— Alors, pourquoi avoir mis le feu chez lui ? Par plaisir de voir courir les flammes ?

— Non, encore une fois, non ! Je n'ai pas...

— Ne revenons pas là-dessus ! Rappelez-moi ce que vous faisiez dans les champs, je n'ai pas bien compris.

Inlassablement, Ganaël réitéra sa réponse. Les heures filèrent. Il se sentait exténué, le corps fourbu. Quand enfin le brigadier stoppa ses rafales de questions, il se vit signifier sa détention. Il était d'office placé en garde à vue pour quarante-huit heures. Dès le lendemain, le juge d'instruction rendrait sa sentence et déciderait soit de sa libération soit, ce qui était plus probable au regard des faits incriminés, de son incarcération dans la prison de la grande ville voisine.

Compatissant, le brigadier lui susurra qu'en l'attente de son procès, il était parti pour passer les dix ou douze prochains mois en cellules. Après ce clin d'œil d'un fin humour, il ordonna à l'un de ses hommes de préparer l'hébergement du suspect. Ce n'était pas tous les jours que la prison de la gendarmerie recevait un pyromane de son envergure !

Les fantômes des Reinettes.

CHAPITRE 07

UN FANTÔME PAR TROP BRUYANT

La prison de la gendarmerie méritait à peine son nom. Il s'agissait plus d'un réduit hâtivement érigé à l'arrière du bâtiment. Dépourvue de fenêtre et de taille modeste, la salle était séparée en deux dans le sens de la longueur par de solides barreaux de fer. Une porte de même facture y avait été aménagée de façon à permettre le passage des prisonniers. La zone comportant une plaque horizontale (servant de lit) faisait office de prison à proprement parler.

L'autre était dévolue au gardien. Enclos derrière les barreaux, Ganaël avait juste assez de place pour se retourner et marcher deux pas.

« Heureusement que la population de Saint-Amond est calme, songeait-il avec un brin d'amertume, trois prisonniers ne pourraient pas s'y tenir autrement que debout. »

Il finit par s'allonger sur la couchette et porta son regard de l'autre côté des barreaux. Un gendarme se tenait là, assis devant une table. Il lisait un journal en sirotant une boisson. La clé de la grille était suspendue à une planchette vernie au-dessus de sa tête. Ah ! si Ganaël pouvait l'atteindre, il ouvrirait vite la grille, courrait vers la petite porte donnant sur l'arrière-cour, et se mettrait à la recherche du véritable incendiaire !

Mais le gendarme était vigilant. Il sentit l'attention du jeune homme et se tourna vers lui.

— Alors ? On pense à se faire la belle ! lança-t-il familièrement. Je n'ai jamais connu un prisonnier qui ne rêvait pas de s'évader. Quand on n'a rien d'autre à faire de la journée sinon dormir ou tourner en rond dans une cage, à quoi pourrait-on penser sinon à l'évasion ?

Il se replongea dans sa lecture, au grand soulagement de Ganaël. Il n'avait pas le coeur à soutenir une conversation à bâtons rompus, surtout avec l'un de ses geôliers. C'est le moment que choisit le loriot pour se manifester.

Étourdi par la chaleur, il s'était laissé emporter sans réagir. Par la suite, le noir de la chemise où il était blotti avait agi comme un soporifique et il s'était endormi. Il venait juste de se réveiller, fringant et alerte. Le frétillement sous sa chemise surprit Ganaël. L'âme lugubre, il avait oublié la présence du bel oiseau jaune. Ce dernier pépia de joie en revenant à l'air libre. Un petit rire secoua le gendarme qui commenta.

— Tiens ! vous avez domestiqué un oiseau ! Il vous tiendra compagnie durant votre réclusion.

Il reprit ensuite sa lecture sans plus accorder d'intérêt à son prisonnier. Ganaël arrondit la bouche et émit sur un registre plus bas que celui du loriot une série de gazouillements pratiquement imperceptibles. On eût dit qu'il essayait de siffler. Il n'en était rien. Chaque son avait un sens et, s'il demeurait incompris des humains, le loriot le saisissait parfaitement.

Juché sur le bord de la couchette, il écoutait Ganaël lui expliquer qu'ils étaient tous les deux enfermés et lui en donna la raison. Puis il se ravisa.

— Eh ! C'est moi qui suis prisonnier, pas toi. Je vais appeler le garde pour qu'il te libère. Tu te couleras entre les barreaux, il ouvrira la porte à l'autre bout et tu retrouveras la liberté.

— C'est une bonne suggestion.

Ganaël se levait déjà quand le loriot le retint.

— Attends une minute ! Comme je peux sortir à volonté, rien ne presse. Je voudrais auparavant que tu me racontes ce qui s'est passé et qui a mis le feu aux champs et à la ferme.

Le loriot, curieux de nature, tenait à

tout connaître depuis le début de l'histoire jusqu'à l'instant présent. Il ne se montra pas avare de questions, interrompant Ganaël aux moments les plus impromptus. Un trille mélancolique ponctua le récit du garçon.

— Dire que cette vieille ferme a failli terminer dans les flammes, c'est horrible ! D'autant plus que j'en garde de bons souvenirs. Au printemps dernier, j'avais établi une nichée dans le grenier et, chaque jour, la jeune fille de la maison venait nous porter à manger. Une très gentille demoiselle, je la regrette beaucoup ! Mes petits aimaient jouer avec elle. Et puis, une nuit, il s'est passé quelque chose d'inhabituel. Il y eut des bruits bizarres plus forts que d'ordinaire. Le lendemain, elle n'est pas reparue, ni les jours suivants.

— Le fermier m'en a parlé. Elle a

quitté les Reinettes cette nuit-là par peur des fantômes qui lui minaient le sommeil. Sans en avertir quiconque. Elle a tout expliqué dans une lettre à l'attention de son père. Elle a préféré partir subrepticement pour éviter les pleurs et les chagrins.

Des arpèges de surprise emplirent la prison. Le loriot s'exclama.

— Comment cela, partie ? Elle n'a jamais quitté la ferme !

— Que racontes-tu ? Elle n'est plus là, elle a laissé une lettre informant de son départ, c'est donc qu'elle s'en est allée à un moment ou à un autre. Tu ne l'as pas vue car il faisait nuit.

Le petit oiseau s'irrita. Il ébouriffa son plumage et déclara péremptoire.

— Je suis absolument certain de ce que j'avance. Après avoir été réveillé par ces bruits incohérents, je n'ai pas pu me rendormir. Je me suis perché sur le rebord de la gouttière jusqu'au lever du jour. Personne n'est sorti de la maison et le lendemain la jeune fille n'était plus là. Elle s'était volatilisée. C'était tellement insensé que l'épisode s'est gravé dans ma mémoire. Je n'ai pas compris ce qui était arrivé, mais je peux te garantir qu'elle a disparu sans jamais franchir les murs de la ferme.

Ganaël le calma d'un hochement de menton. Il réfléchit un moment avant de reprendre.

— Ce que tu me dis là est pour le moins singulier. Victorin m'avait affirmé que Marjorie, sa fille, était partie sur un coup de tête. Il ne m'a pas montré sa lettre, je n'avais cependant aucune raison de mettre sa parole en doute. Je le vois mal me

132

mentir à ce propos. D'autant plus que je suis un parfait inconnu et que je ne lui avais rien demandé. C'est lui qui aborda le sujet de son propre chef. Il n'en reste pas moins qu'il y a là quelque chose qui m'intrigue. À moins de croire qu'elle s'est fait kidnapper par les fantômes qu'elle craignait tant, il nous faut admettre qu'elle vit encore à l'intérieur de la ferme.

— Ton argumentation est imparable.

— Je ne crois guère aux fantômes. J'en conclus donc que Marjorie se cache aux Reinettes, que ce soit avec l'assentiment de son père ou sans qu'il le sache.

— Cette jeune personne m'a toujours paru équilibrée. Pour quelle raison se serait-elle ainsi écartée du monde ou pour quelle raison son père la retiendrait-il en séquestration ?

Le regard de Ganaël s'aiguisa d'une flamme nouvelle. Le mystère de cette disparition éveillait une soif qui lui était inconnue. Il se jura qu'une fois libéré, il tâcherait de le résoudre.

La porte extérieure de la prison s'ouvrit d'un coup sec, faisant sursauter le loriot aussi bien que Ganaël et le gendarme. Un de ses collègues entra un plateau à la main, un sourire sur les lèvres.

— À table ! cria-t-il d'une voix enjouée.

Le gendarme de faction recula sa chaise et se pencha sur le plateau. Il huma avec envie le fumet qui s'en échappait.

— Enlève tes grosses pattes de là, Marcel. C'est pour notre invité !

— Quel dommage ! Il en a de la chance. Logé et nourri gratis. Eh, Riton ? Je suppose que c'est ta femme qui l'a préparé.

— Exact. Elle s'est mise en quatre pour satisfaire notre pyromane. Ce n'est pas tous les jours que nous accueillons un criminel de cet acabit, un récidiviste qui plus est. Elle a tenu à lui faire honneur. Ce n'est pas dans les prisons d'État qu'il dégustera une aussi excellente blanquette de veau. On passa le plateau à Ganaël par une petite trappe aménagée à cet effet. La femme du gendarme Riton était une cuisinière hors pair et la blanquette, savoureuse. Elle aida Ganaël à recouvrer un peu d'espoir. Le dénommé Riton avait pris la place de son collègue.

« Ils montent la garde à tour de rôle pendant une durée de quelques heures chacun, jugea Ganaël en observant le loriot happer les derniers grains de riz. »

Il leva les yeux vers son nouveau geôlier en vue de remercier sa femme. La tête penchée en arrière, la bouche à demi ouverte, le garde s'était échappé vers le royaume des songes. L'esprit agile de Ganaël travailla rapidement. L'espace d'un instant, il envisagea les différentes possibilités qui s'offraient à lui puis décida de passer aux actes.

Dans un murmure, il souffla au loriot ce qu'il attendait de lui. L'oiseau acquiesça. Sans un bruit, il s'envola jusqu'au mur opposé. Le temps se figea lorsqu'il se posa sur l'étagère. Ganaël sentit son cœur sauter un battement. Tout se jouait en cet instant. Le moindre cliquetis et le gendarme se réveillerait.

Avec une lenteur exaspérante, le loriot prit dans son bec l'anneau soutenant la clé de la grille, puis s'en retourna d'où il était venu. Ganaël le rattrapa in extremis alors qu'alourdi par sa charge, il allait tomber sur le sol.

Très vite, la grille fut ouverte et le réduit traversé. Ganaël se retrouva subitement à l'air libre dans une arrière-cour, en plein milieu des ténèbres. Sans réfléchir plus longtemps, il s'élança vers les champs à l'extérieur du village. Peu importait son cap, la priorité était de s'éloigner le plus rapidement possible de Saint-Amond et de la gendarmerie. Dès que les militaires s'apercevraient de son évasion, ils se lanceraient à sa recherche. Il ne tenait pas à ce qu'ils l'incarcèrent à nouveau, pas tant qu'il n'aurait justifié de son innocence. Sans cela, il était bon pour plusieurs années de prison.

Une idée s'imposa. Gagner furtivement les Bottines en évitant les pièges dissimulés aux alentours et y épier les déplacements du propriétaire. Il était à l'origine des incendies. Avec un peu de chances, il serait en train de fêter son dernier forfait et laisserait échapper une information.

Le loriot était retourné à son nid et lui courait à travers une suite de champs sous la seule protection des étoiles. La nuit était sombre, noire. Pas de lune pour éclairer ses pas. Stupéfait, Ganaël se découvrit soudain face aux murs séculaires des Reinettes. Il avait mal calculé son trajet.

Il allait rebrousser chemin quand une soif de curiosité le dévora. C'était l'occasion ou jamais d'apprendre ce qu'était devenue Marjorie. Dès le lendemain, tout le village serait au courant de son évasion. Victorin s'attendrait à ce qu'il vienne incendier à nouveau sa ferme, par vengeance. Il la placerait donc sous surveillance.

Il n'avait pas plus tôt pensé cela qu'il enjambait une des fenêtres entrebâillées et s'introduisait dans les lieux. La faible clarté des étoiles suffisait à l'orienter. Dans cette maigre luminosité, le grand couloir prenait des allures de tunnel tandis que les arêtes des rares meubles s'estompaient. La porte de la chambre de Marjorie s'ouvrit en silence sous ses mains. Il la referma derrière lui et traversa la pièce.

Sans but défini, il projetait de vérifier le contenu des tiroirs, sonder les murs et le plancher. Il s'accroupissait déjà près de la table de nuit. Une succession de raclements l'arrêta dans son entreprise. Les sens en alerte, il tendit l'oreille. Les grattements provenaient de la cave et montaient au rez-de-chaussée. En dépit des murs qui les étouffaient, les sons lui parvenaient assez bien.

Les fantômes des Reinettes se manifestaient à nouveau, il lui fallait en avoir en cœur net !

Il se leva souplement et sortit sans bruit. Il verrait enfin à quoi ces revenants ressemblaient ! Au milieu des ténèbres, une forme blanche jaillit brusquement au bout du couloir. Sous le choc de la surprise, Ganaël buta contre le meuble destiné aux chaussures. Une lumière violente en provenance du spectre déchira la nuit et lui brûla les yeux.

Les événements qui suivirent se déroulèrent si rapidement qu'il ne les mémorisa pas tous immédiatement. Il y eut le fracas d'un bibelot se brisant sur le carrelage, des cris étouffés, une torche qui s'éloigne et la course précipitée d'un homme. La voix rauque de Victorin monta de sa chambre. Ganaël n'attendit pas que le fermier soit levé pour disparaître du champ de bataille. Dix secondes ne s'étaient pas écoulées qu'il plongeait sous le lit de Marjorie et se pelotonnait contre le mur.

Victorin pesta devant les débris du bibelot, contre ses deux employés qui laissaient les fenêtres ouvertes et contre le vent qui occasionnait des dégâts. Il inspecta les chambres et retourna se coucher. Bientôt, un ronflement régulier et des battements de cœur plus espacés résonnèrent dans sa chambre. Ils se propageaient le long des murs et l'ouïe fine de Ganaël en capta les vibrations. Le fermier s'était rendormi.

Il se leva donc, décidé à résoudre définitivement le mystère de ce fantôme si bruyant.

La traversée du couloir se déroula sans incident. Victorin et ses deux employés dormaient à poings fermés, exténués après leur dure journée de labeur. Une fois dans la cave, il n'osa chercher l'interrupteur et éclairer les lieux. C'était prendre le risque d'être repéré de l'extérieur. Qui sait si des gendarmes n'étaient pas déjà en patrouille à sa recherche et ne roulaient pas vers les Reinettes en cet instant même ?

Du reste, Ganaël n'avait nul besoin de lumière. Ses yeux étaient aveugles dans les ténèbres, pas son ouïe. Il claqua légèrement des dents. L'écho rebondit sur les murs, les étagères et sur la bicyclette là-bas près du mur, avant de disparaître. De nouveau, il fit claquer ses dents et obtint une position très nette des objets qui encombraient la cave. Un bref sourire éclaira son visage. Jamais autant que durant ces moments, il n'appréciait la valeur de son extraordinaire système auditif !

Il baissa d'un autre degré le seuil de son audition. Les craquements imperceptibles du bois du plafond s'apparentaient à des coups de tonnerre et le souffle sous la rainure de la porte au vacarme d'une cataracte.

Si fantômes il y avait, ils n'étaient pas dans cette pièce. À part deux bébés-araignées se roulant dans leur toile dans une encoignure, l'endroit était désert. Si l'intrus s'était tenu quelque part aux alentours, et à supposer qu'il fût vraiment un fantôme sans consistance matérielle, Ganaël aurait au moins perçu dilatation ou rétractation du métal de sa torche ou de sa lampe de poche. Même éteinte, l'infime mouvement du métal chauffé par l'ampoule aurait grondé à son ouïe. Or, il n'entendait rien de tout cela, ce qui était singulier, car le prétendu fantôme s'était réfugié dans la cave.

À croire qu'il avait traversé les murs ou le sol. Un sourire éclaira les lèvres de Ganaël. Les humains bien vivants en étaient parfaitement aptes... à condition d'avoir aménagé une ouverture secrète pour s'y subtiliser dès la moindre alerte.

Posément, il sonda le sol. La terre battue lui renvoyait un son mat, étouffé. Soudain, un écho différent lui parvint, plus métallique. Il allait s'y diriger quand, de sous son pied droit, monta une résonnance semblable à un grondement. Il se précipita en avant.

Vingt secondes plus tard, il soulevait une trappe dissimulée sous une natte antique. Après avoir descendu un escalier de bois abrupt, il s'engageait dans un tunnel étroit. Haut d'un mètre cinquante, un homme avait juste assez de place pour avancer en se courbant.

L'humidité traversait sa chemise. Il s'était évadait si vide de la prison qu'il en avait oublié sa veste. Par moment, des gouttes d'eau froide s'écrasaient sur son crâne. Il s'ébrouait alors sans interrompre sa marche. Il avait cessé de faire claquer ses dents. Le martèlement de ses pas sur la roche du souterrain emplissait le corridor d'une foule de sons qui se répercutaient en de longs échos et lui en donnaient une vision aussi exacte que s'il avait été éclairé par un projecteur.

Ganaël en percevait chacune des cambrures bien avant de les avoir atteintes. Il évitait les stalactites instinctivement sans même sans rendre compte.

CHAPITRE 08

MARJORIE

Au bout de soixante minutes d'une progression harassante, l'écho des pas de Ganaël rebondit sur un mur plein. Le tunnel s'arrêtait là. Des tiges de fer incrustées dans la paroi servaient de marchepieds. Il grimpa deux mètres avant de rencontrer une trappe. Aucun bruit suspect ne s'élevait au-delà.

Il poussa le battant et se retrouva dans un endroit aussi sombre que le tunnel, sans lumière d'aucune sorte. Les réverbérations de ses claquements de dents révélèrent une salle au plafond bas, remplie d'objets hétéroclites. C'était une cave.

De l'extrémité de la pièce, l'écho lui revint différent, celui d'une porte en bois. Il s'en approcha et l'ouvrit prudemment. Un forme blanc s'abattit sur lui. Paniqué, il voulut le prendre à bras le corps et frapper en retour quand il s'aperçut que ce n'était qu'un vêtement, une longue tunique à capuche, exactement le genre d'habit que portait le fantôme chez Victorin.

Des voix retentirent de l'autre côté du vestibule. Sans se déplacer, il écouta la conversation. La cloison le séparant des deux interlocuteurs ne constituait qu'un fragile rempart à son ouïe aiguisée. Il fut à peine étonné de reconnaître les accents durs de la voix de Ballard. Il se trouvait donc aux Bottines !

Le deuxième homme répondait aux imprécations du fermier et tentait de se justifier.

— Ce n'est pas une maladresse de ma part, je vous l'assure. Je suis tombé sur le faux neveu de Victorin qui furetait là-bas. Il a fait du bruit et le vieux s'est réveillé. J'ai dû m'enfuir au plus vite sous peine d'être saisi et retenu.

— Encore lui ! Je croyais qu'il était en prison.

— Ils ont dû le relâcher.

— Et que faisait-il aux Reinettes ? Le vieux lui en veut à mort.

— Là, vous m'en demandez trop. Il avait l'air aux abois et cherchait quelque chose. En ce moment, le père Victorin doit être en train de lui passer un savon ! Ou une raclée.

— Tant mieux ! Ce fouineur n'a que ce qu'il mérite.

Un pianotage de doigts vrombit dans les murs.

— L'ennui, c'est que l'on sera obligé d'interrompre nos recherches quelque temps. Ce n'est pas encore cette nuit que l'on mettra la main dessus.

— Et la fille ? Elle n'a toujours pas avoué ?

— Marjorie ? Cette péronnelle s'obstine à jouer les ingénues.

Une multitude de pensées contradictoires fulgurèrent à la conscience de Ganaël. Il avait entendu le prénom de Marjorie ! Tous les faits disparates qu'il avait accumulés s'imbriquaient soudainement les uns dans les autres. La disparition de la fille en pleine nuit et sans qu'elle eût quitté les Reinettes, la connaissance de son prénom par Ballard, et enfin l'utilisation apparemment familière du tunnel reliant les deux propriétés. La vision d'une dispute entre l'ex-homme d'affaires et une jeune fille blonde à travers les barreaux d'une fenêtre surgit brusquement.

Son comparse avait repris.

— Peut-être qu'elle ne sait vraiment rien. Dumoulin a pu agir seul, ce serait bien dans son style.

— Possible ! De toute façon, qu'elle soit sincère ou non n'enlève rien au fait qu'il est inenvisageable de la libérer.

— Il paraît que vous voulez l'épouser.

— Comment sais-tu cela, Lulu ? demanda brutalement son chef. Tu écoutes aux portes maintenant ?

L'homme se récria.

151

— Ne vous fâchez pas, patron, ce n'est pas ce que vous croyez ! Cet après-midi, elle a crié tellement fort que je l'ai entendue de la cour.

Le froissement d'un col de chemise brusquement tordu par une poigne sèche crépita aux oreilles de Ganaël.

— Tu as intérêt à garder cela pour toi ! Si je l'épouse, je fais d'une pierre trois coups. D'une part, la fille est jolie et, dans ce pays de bouseux, je pourrais toujours chercher longtemps une personne aussi avenante qu'elle. D'autre part, je l'aurais légalement sous la main sans que quiconque n'y trouve à redire. Dernière raison, les Reinettes me reviendront en héritage. Victorin est veuf, sans autre enfant, un accident est si vite arrivé....

— On pourrait faire porter le chapeau

à son faux neveu, comme pour le coup de l'incendie.

Une grande claque sonore explosa dans la salle.

— Tu sais que ce n'est pas bête ce que tu suggères, Lulu. Ce serait un bon tour à jouer à cet imbécile de Parisien.

Une série de hoquètements censés figurer un rire joyeux paracheva cette remarque. Les mains de Ganaël se crispèrent sous la colère. Le propriétaire des Bottines était bien le commanditaire des incendies.

— Et pour le mariage, comment vous y prendrez-vous ? Elle risque de tout dévoiler à ce moment-là.

— Cela m'étonnerait. Je prévois des noces à huis clos. Deux témoins suffiront. Quant au magistrat, il n'est pas nécessaire

153

que ce soit un maire. Un capitaine de navire, en pleine mer dans les eaux internationales, détient le privilège de procéder aux actes de la vie civile. Enregistrement de naissances, mariages, etc. J'en connais un qui navigue aux frontières de la légalité, ou au-delà quand on y met le prix. Il validera mon mariage avec cette oie blanche de Marjorie, avec ou contre son gré. Je lui ferai absorber une de ces drogues qui annihilent la volonté et la transférerai de nuit sur le bateau. Sous les vapeurs du sédatif, elle ne se rendra compte de rien, elle signera le registre sans aucun problème. Le lendemain, elle aura la surprise de se découvrir unie pour la vie à un époux adorable, ah, ah, ah...

Les rires qui suivirent écœurèrent Ganaël. Il devait absolument sortir Marjorie des griffes de cet ignoble individu. Il se remémora la disposition de la chambre aux barreaux et se glissa furtivement dans les escaliers tandis que les deux hommes se défoulaient toujours en de longs ricanements lugubres.

Au premier étage, trois portes se présentèrent à Ganaël. Des souffles endormis lui parvenaient de chacune d'elle. Elles étaient toutes occupées, mais une seule menait à celle de la prisonnière. Ouvrir la mauvaise, c'était prendre le risque d'éveiller un des malfrats. En dépit de ses précautions, il n'était pas à l'abri d'un grincement. Si les portes étaient en bon état, elles n'émettraient aucun bruit. Il suffisait que l'un des gonds soit grippé pour mettre à bas son plan.

Une seconde passa, terrible de

conséquences. Il étudia une nouvelle fois les portes et sourit. Sur la dernière, une clef engagée dans la serrure brillait d'une froide opalescence.

Ainsi qu'il avait supposé, elle était verrouillée. La clef tourna silencieusement, aucun craquement non plus ne s'éleva quand il poussa la porte, plus exactement, rien de perceptible à une oreille humaine. Le parquet gémit à peine sous ses pieds.

Des flots de cheveux blonds couvraient le traversin sur le lit en face de lui. Marjorie se présentait couchée sur le côté. Ses traits étaient aussi charmants que lorsqu'il l'avait aperçue cet après-midi du haut de son pylône. Elle était vraiment jolie, il comprit la volonté de ravisseur de la prendre pour épouse.

Il posa la main gauche sur l'épaule de

Marjorie et la secoua doucement, presque tendrement. Elle ne broncha pas, trop profondément endormie. C'était ennuyeux, il avait pensé qu'elle s'éveillerait de suite. Il la secoua à nouveau, sans effets. Une troisième secousse, plus forte que les précédentes, fut nécessaire pour vaincre son sommeil. La jeune fille se dressa brusquement sur son lit, stupide, hébétée. Ses yeux tombèrent sur le jeune homme en face d'elle et s'écarquillèrent de peur.

Avant qu'il n'eût le temps d'ébaucher le moindre geste, elle poussa un hurlement strident qui déchira ses tympans. De sa main, il emprisonna la bouche ouverte de Marjorie en chuchotant.

— Ne criez pas, je viens vous sauver !

Elle se tut aussitôt, confuse d'avoir cédé à la panique, mais il était trop tard.

Des grondements et des clameurs retentissaient de part et d'autre. Des voix rauques chargées d'imprécations. Prenant Marjorie par la main, Ganaël s'élança au-dehors. Le tunnel ! s'il pouvait le gagner, il condamnerait la trappe de l'intérieur. L'épaisse plaque de bois blindée retiendrait suffisamment longtemps leurs poursuivants pour qu'ils parviennent aux Reinettes et se mettent ainsi à l'abri de leurs vindictes. Il lui fallait agir vite !

À peine avait-il posé un pied dans le couloir désormais éclairé, qu'il sut la partie perdue. Ballard et un autre homme, Lulu, se tenaient là, à cinq mètres. Le fermier scélérat bondit sur lui sans un mot. Il était robuste, lourdement charpenté. En temps normal, il serait aisément venu à bout de Ganaël, mais la rage décuplait les forces de

158

l'enfant des elfes. Rage d'avoir été accusé de deux incendies, rage de voir Marjorie demeurer encore prisonnière et bientôt mariée de force. Aux coups de son adversaire, il répondait avec sauvagerie.

Un instant, le combat fut incertain. Lulu porta secours à son chef. Il se glissa le long du mur du couloir et allongea une main perfide vers les jambes de Ganaël. Il tira brusquement et Ganaël tomba en arrière. Il lui maintint fermement les chevilles tandis que Ballard lui sautait sur la poitrine et le plaquait au sol.

Les coups de poing pleuvaient à verse. Ganaël ne parvenait plus à les arrêter. Une douleur sourdit en son cœur en songeant à l'avenir de Marjorie.

Un claquement de gong résonna dans ses tympans autant que dans son buste.

Ballard s'effondra sur lui, assommé. Un cri de colère monta du niveau de ses pieds et ses jambes furent soudain libres. Il repoussa le corps oppressant de son adversaire. La scène qui se déroula alors sous ses yeux fut si rapide qu'il n'en ressentit de la peur que bien après.

Le dénommé Lulu s'était relevé. Il se précipitait en avant sur Marjorie. Le visage blême, la jeune fille l'attendait néanmoins d'un air résolu, une poêle en fonte dans la main droite. Elle en frappa son agresseur qui s'écroula. Elle avait neutralisé Ballard de cette façon.

Ganaël l'en aurait félicitée si l'heure s'y était prêtée.

Des grognements les firent se retourner. Deux hommes venaient de sortir des chambres voisines. Dépenaillés, les paupières clignant sous la lumière électrique, ils arboraient un air idiot, les bras ballants, la mine épaisse et pleins d'incompréhension. Un troisième homme surgit en haut de l'escalier, bien réveillé celui-là. Un reflet accrocha le regard de Ganaël. Celui d'un pistolet.

Il poussa vivement Marjorie dans sa chambre, retira la clé de la serrure juste avant le premier coup de feu. Il verrouilla la porte et cala une armoire contre le battant. Un deuxième coup de feu retentit vainement. La porte était fortement condamnée. Les trois hommes auraient beau frapper autant que la vigueur de leurs poings le leur permettrait, ils ne l'enfonceraient pas.

Par mesure de précaution, il tira le lit de telle sorte qu'il se coinça entre l'armoire et l'un des murs. Désormais, seuls le feu ou un bulldozer pourraient les déloger.

Marjorie s'apprêtait à parler ; il lui mit un doigt sur les lèvres. Il voulait entendre la conversation des gardes. Un éclaboussement monta de derrière la porte, suivi de gémissements. On venait de réveiller le fermier à la dure, avec un pichet d'eau.

Il rouspéta et insulta ses comparses sur tous les tons. Quand il découvrit que la chambre de Marjorie était barricadée, il les apostropha.

— Qu'est-ce que vous attendez ? Allez chercher des échelles, une scie et des haches !

— Mon Dieu ! s'exclama Marjorie.

Elle avait compris. Les haches briseraient la porte et l'armoire qui la bloquait. Dans le même temps, les échelles permettraient à quelques-uns d'atteindre le premier étage et de s'attaquer aux barreaux. Ils seraient assaillis des deux côtés à la fois.

— Je les empêcherai de scier les barreaux, murmura-t-elle pâle mais déterminée. Je leur frapperai les doigts avec la poêle qui me sert à réchauffer mes repas ou avec le talon d'une chaussure et nous leur arracherons la scie.

— S'ils se présentent armés de pistolets, nous ne pourrons rien.

Le sang se retira de son visage. Elle ne broncha pourtant pas. Ganaël admira son courage.

Il réfléchit rapidement à leur situation. Malgré leur confinement dans cette pièce, tout n'était pas perdu, il disposait encore d'un atout, quoique minime et difficilement exploitable en ce moment et dans cette chambre, il devait cependant essayer.

Sous le regard intrigué de Marjorie, il s'approcha de la fenêtre. Ses lèvres remuèrent comme s'il s'adressait à quelqu'un, mais elle n'entendait aucun son. Et il restait là, immobile face à la nuit, les yeux vagues parcourus de brèves luminescences peut-être dues aux reflets des étoiles. Et toujours ces lèvres qui remuaient étrangement sans prononcer le moindre mot, comme si la peur avait ôté la raison au garçon.

En dépit des apparences, Ganaël savait parfaitement ce qu'il faisait. Ce que Marjorie prenait pour un monologue intérieur et désordonné était un chant d'une incroyable puissance, le chant de détresse des anciens Elfes. À son écoute, les animaux des bois, marchants, volants ou rampants, accouraient. Tel était son pouvoir. Il avait été composé en des temps où un peuple musiciens avait percé les secrets des vibrations. Un lien mystérieux unissait ce chant aux animaux encore sauvages, quiconque en percevait les échos avait le devoir d'y répondre.

Ce chant mettait en action tant de magnétisme et d'intensité qu'il devait être manié avec de grandes précautions et être déclenché uniquement dans des cas extrêmes.

Et là, devant la fenêtre, sur un registre que nul humain ne pouvait capter, Ganaël lançait haut dans le ciel ces notes antiques. Les vibrations électrisèrent l'atmosphère, se répercutèrent d'arbre en arbre, glissèrent sur le ruisseau, réveillèrent les taupes engourdies, soulevèrent des frissons aux biches et aux hiboux.

Deux pépiements joyeux rompirent soudain le chant sacré. Tous ceux qui l'entendirent surent alors que de l'aide était arrivée et retournèrent à leur sommeil.

Dans un battement d'ailes, deux boules jaunes franchirent les barreaux de la fenêtre et se posèrent sur la table de nuit. Le premier des loriots n'était pas un inconnu pour Ganaël.

— Je te remercie d'être venu si vite.

— Ce n'est rien. J'ai dormi cet après-midi, je ne suis pas fatigué. J'ai entendu ton appel alors que je planais non loin de là. Me voici avec ma compagne. Que veux-tu ?

Marjorie se plaça devant Ganaël. Les yeux agrandis par la surprise, elle s'exclama.

— Mais, vous pépiez comme ces oiseaux ! On dirait qu'ils vous comprennent, ce n'est pas possible.

Il avait oublié la jeune fille. Elle ne pouvait saisir ce qu'il exprimait, et le lui expliquer était impensable. La prudence le lui interdisait.

— Écoutez, nous n'avons pas beaucoup de temps. Ayez confiance et faites exactement ce que je vais vous demander.

Une minute plus tard, les loriots s'envolaient à tire-d'aile, chacun dans des directions opposées et en charge d'une grave mission.

— J'espère qu'ils arriveront à temps, murmura Marjorie en les regardant s'éloigner.

— Moi également, sinon notre avenir

sera bref.

Elle s'approcha de Ganaël et lui prit le bras. Ses cheveux dansaient autour de sa tête dans une auréole dorée. Au frisson de son regard, il devina sa question avant qu'elle ne la formule.

— Expliquez-moi comment vous avez réussi à les appeler. Vous leur avez parlé, n'essayez pas de me faire croire l'inverse, et eux aussi vous répondaient.

Une secousse sourde contre la porte les surprit et empêcha Ganaël de proférer un énorme mensonge. Un deuxième coup, plus violent, suivit de peu.

— Ils défoncent la porte !

Ganaël courut à la table de nuit. Il en dévissa les pieds. Il en garda un comme massue, les trois autres serviraient de projectiles. Marjorie récupéra sa poêle. Ils étaient prêts au combat.

Un claquement retentit derrière eux, à l'extérieur. Une échelle s'était posée contre les barreaux de la fenêtre. Ganaël s'élança et la repoussa violemment. Un homme l'escaladait. Il sauta prestement sur le côté, abandonnant l'échelle à son sort. Elle se brisa sur le béton.

Un fracas ébranla soudain l'armoire. La porte venait de tomber, débitée en morceaux par les coups de hache. Bientôt, ce serait au tour du meuble.

Un éclair de métal fulgura tandis que le bois blanc de l'armoire s'ouvrait en deux.

— Abritez-vous de ce côté ! pressa Ganaël.

Il s'empara du coffre de la table de nuit. Un piètre bouclier face à une hache, mais s'il parvenait à désarmer son adversaire, il aurait une chance de prendre l'avantage.

Encore quelques coups et l'armoire rendit l'âme. Un garde sauta sur le lit, la hache levée devant lui. D'un mouvement circulaire, il dévisagea Marjorie et Ganaël. Il en conclut que l'homme était le plus dangereux des deux. Il bondit en avant et porta un coup de taille. La table de nuit fut réduite en miettes.

Un rire macabre s'échappa de sa gorge comme il levait derechef son arme avant de s'étrangler brusquement. La poêle de Marjorie s'était écrasée sur son crâne. Il roula par terre, sans connaissance.

La hache fut aussitôt entre les mains de Ganaël. Il se tourna pour affronter les suivants.

Le deuxième à surgir sur le lit ouvrit

des yeux ronds. Le regard rivé sur le fil de la hache que brandissait Ganaël, il ne prêtait pas attention à Marjorie. La poêle accomplit une deuxième fois son office et il s'écroula sur le lit. Le troisième homme n'insista pas et rebroussa chemin. Une rafale d'insultes le fouetta sans succès, il refusait le combat, invitant son chef à prendre sa place.

Un coup de feu retentit dans la chambre, un autre désintégra l'ampoule au plafond. On tirait par la brèche de la porte.

Marjorie se colla au mur, à droite de l'armoire. Ganaël lui fit signe de s'allonger et lui-même l'imita. Combien de temps pourraient-ils tenir ainsi ? Une seconde échelle se plaqua contre les barreaux tandis que, du couloir, le pistolet balayait la chambre en rafales incessantes.

S'ils se levaient, ils tomberaient

immédiatement sous les balles. Et s'ils restaient immobiles, dans moins d'une minute, l'homme de l'échelle toucherait la fenêtre. Ils seraient alors sous le feu du malfrat qui n'aurait plus qu'à les viser.

Une sirène retentit faiblement, puis une autre. Le son était encore loin, le tireur ne l'avait pas entendue. Cependant, elles s'approchaient vite. Bientôt, nul aux Bottines ne put ignorer leur rythme déchirant. Les tirs cessèrent soudainement. La cour fut envahie de gendarmes, des bruits de course résonnaient de toutes parts. Les hommes abandonnaient la place tandis que leur chef tentait en vain de s'enfuir.

— Marjorie, où es-tu ? Marjorie ? Réclama une voix forte.

— Papa… c'est papa ! Je suis ici au premier étage !

Dix secondes plus tard, Victorin franchissait le seuil de la chambre et serrait sa fille entre ses bras.

Les fantômes des Reinettes.

ÉPILOGUE

Deux heures plus tard, la salle à manger de Victorin n'avait jamais été aussi animée que ce soir-là. Autour de la grande table de chêne, le fermier et sa fille enfin retrouvée accueillirent à bras ouverts le brigadier, deux de ses gendarmes et Ganaël. Les deux nouveaux employés des Reinettes s'étaient également joints à l'assemblée.

Les voix s'élevaient vives et claires, et s'extasiaient sur la conclusion inattendue des incendies à répétitions.

— Dites-moi, Victorin, comment se fait-il que vous soyez venu tout à l'heure aux Bottines ? Vous étiez bien la dernière personne que je m'attendais à y rencontrer.

— Pour la même raison que vous, brigadier. Un loriot jaune n'a pas cessé de cogner du bec contre la vitre de ma fenêtre. Un tel tintamarre que j'ai été obligé de me lever pour le chasser. J'ai aperçu alors un papier enroulé à sa patte et tenu par un élastique. C'était un mot de Marjorie, réfugiée dans une chambre aux Bottines et que Ballard menaçait de tuer. J'ai reconnu son écriture et su qu'il ne s'agissait pas d'une plaisanterie de mauvais goût. J'ai tiré du lit mes deux gars et armé chacun d'eux d'une carabine. Ensuite, j'ai foncé droit devant. J'ai franchi leur propriété au moment où vos sirènes se joignaient à mon camion. Je n'ai pas eu besoin de dessin pour deviner que vous seriez aussi de la fête pour cueillir ce joli monde.

— À peu de choses près, cela s'est passé de la même façon pour moi. Le billet attaché au loriot était rédigé par notre prisonnier évadé. Nous étions en train de préparer un avis de recherche à destination de toutes les polices. Vous imaginez la surprise que nous avons eue en lisant son message. J'ai rassemblé mes hommes et voilà !

Un des gendarmes suggéra.

— Nous avons failli commettre une erreur judiciaire, chef. Nous lui devons des excuses.

Le brigadier acquiesça. Ganaël – alias Fabrice Martin – accepta de bonne grâce les regrets officiels de la gendarmerie et ceux de Victorin et déclara ne pas leur en tenir rigueur. Tous les éléments étaient contre lui. À leur place, il ne se serait peut-être pas comporté autrement.

À la requête de Victorin qui s'émerveillait du mode de transport utilisé pour ces messages, Ganaël répondit qu'il s'agissait de deux loriots apprivoisés. Il les laissait voler sans cage, car ils étaient suffisamment domestiqués pour venir à lui dès son appel. Des demandes sur ses méthodes d'apprentissage fusèrent, il se montra évasif. Pour éviter de nouvelles questions inquisitrices, il avança son intention d'ouvrir une école de dressage, il ne pouvait donc dévoiler ses secrets, la concurrence aurait tôt fait de les lui subtiliser.

Les hommes opinèrent du chef, ils

comprenaient son souci de discrétion. Seule Marjorie ne fut pas dupe. Le sourire léger qu'elle lui tendait et la lueur espiègle de son regard apprirent à Ganaël que ce pieux mensonge ne l'abusait en rien.

Victorin se dressa soudain et leva son verre.

— Je porte un toast à notre jeune ami pour avoir délivré ma fille et résolu cette troublante affaire.

Un triple « hourra ! » jaillit de toutes les lèvres présentes. Le brigadier se pencha vers Marjorie.

— Bien des points restent encore obscurs. Mademoiselle, voudriez-vous nous raconter ce qui s'est déroulé et pourquoi vous étiez séquestrée aux Bottines ?

Les conversations se turent subitement. Elle seule détenait la clef de l'énigme.

— Ballard était à la tête d'une bande de gangsters, cela vous le savez déjà, je crois ?

— Oui. Deux de ses hommes sont passés aux aveux avant que je quitte la gendarmerie. Jamais je ne m'en serais douté !

— Il faut avouer à votre décharge qu'il avait caché son jeu, le bonhomme. La ferme lui servait de couverture et de quartier général. L'hiver dernier, ils ont écumé le littoral de la Manche, dévalisant les coffres de banques et les petits commerces. Ils ont ainsi amassé un butin considérable. Au début du printemps, quand la police devint trop menaçante, Ballard se retira dans sa ferme avec son équipe, dans l'idée d'écouler peu à peu son trésor lorsque les autorités

180

auraient stoppé leurs recherches. Tout marchait exactement comme il l'avait planifié. Un grain de sable enraya ce bel agencement. Il avait négligé un détail. La rapacité humaine. Tant de richesse à portée de main a fait tourner la tête à l'un de ses hommes qui s'en empara subrepticement et le dissimula dans la cave des Reinettes (le volume était trop grand pour qu'il l'emporte au grand jour. Comment a-t-il eu connaissance du tunnel reliant les deux fermes ? Je l'ignore. À force de fureter aux Bottines, il est certainement tombé dessus par hasard ce qui l'amena à concevoir le projet de dérober l'argent de leur vol et de le cacher là où personne n'irait le chercher.

« Il mit son plan à exécution, sans que son chef ne s'aperçoive de la disparition du butin. Je suppose que le bandit ne voulait pas attirer l'attention sur lui en quittant les Bottines trop brusquement, il attendait un prétexte. N'en trouvant pas, il envisagea donc de s'éclipser discrètement (car Ballard surveillait les sorties de ses hommes) avec l'intention de revenir plus tard quand on l'aurait oublié et quand son ancien chef serait absent. Je l'ai croisé un après-midi près du ruisseau alors que je cueillais des fraises. Il me demanda les horaires des trains et leur destination. J'ai à peine eu le temps de le renseigner que deux gardes apparurent. À leur mine, j'ai compris qu'il me fallait partir rapidement, d'autant plus qu'ils étaient armés.

L'incident ne m'intrigua pas outre mesure. À plusieurs reprises, il m'était arrivé de croiser des gardes et ces derniers s'étaient toujours montrés revêches. Ce que j'ignorais à ce moment-là, que j'appris par la suite au cours de ma captivité, c'est que Ballard avait eu la mauvaise idée de recompter son trésor de guerre ce jour-là. Quand il découvrit que la quasi-totalité de son butin s'était envolée, ses soupçons se portèrent aussitôt sur son comparse en promenade équivoque à l'extérieur de sa ferme. Après une petite conversation dont je vous économiserais les détails, il devint très loquace. Il leur avoua sa trahison et indiqua la cachette du butin, dans un mur de notre cave. Leur satisfaction ne dura guère. Ils avaient sous-estimé la roublardise de l'oiseau. Il profita d'un moment d'inattention de ses anciens complices pour leur fausser compagnie et s'enfuir. Nul ne sait où il se trouve à l'heure qu'il est. Les gangsters pensent qu'il s'est réfugié à l'étranger de peur d'être abattu. Vous allez me rétorquer où est le problème puisqu'ils connaissaient le lieu de la cache ? C'est justement là que les choses se compliquèrent pour Ballard. Son prisonnier devait le mener à l'endroit précis où il avait dissimulé ce trésor, car la cave des Reinettes est vaste, elle s'étend sur plusieurs pièces souterraines reliées pour certaines par des couloirs, par ailleurs non éclairés vu que personne n'y circule habituellement. Des hommes y sont venus la nuit même de la fuite de leur complice. Devant l'ampleur de la tache, ils furent contraints de renouveler leur expédition nocturne. Leur chef voulait absolument récupérer son butin. Une telle fortune, vous pensez bien qu'il y tenait à corps perdu. Durant les nuits suivantes, avec le fameux

Lulu, il empruntait le passage secret et entreprenait le sondage les murs. Ils creusèrent aussi la terre de notre cave, sans aucun résultat d'ailleurs. Malgré la prudence dont ils faisaient preuve, leurs recherches causaient du bruit. Raclements et autres sons divers que je prenais pour des manifestations de fantômes et qui m'ont plus d'une fois terrorisée. Une nuit, je surmontai ma peur et me levai pour les chasser de notre ferme. C'est ainsi que je les ai surpris en plein travail. Je n'eus pas le temps d'ouvrir la bouche ni de crier. Ils me capturèrent et m'entraînèrent avec eux. Ballard était persuadé que je connaissais l'emplacement du butin. On m'avait vu discuter avec le traître le jour de son vol et comme l'argent était caché dans ma cave, pour lui, cela ne faisait aucun doute, j'étais complice de son ancien homme de main. J'avais beau nier, il ne me croyait pas. On m'obligea, sous la menace, à écrire une lettre de départ que Lulu déposa aux Reinettes. Dès lors, je me retrouvais prisonnière aux Bottines dans une chambre dont l'unique fenêtre pourvue d'épais barreaux interdisait toute fuite.

Devant mon entêtement à réfuter une alliance avec le voleur, il résolut d'acquérir notre ferme. Il aurait ainsi tout le temps d'effectuer ses recherches, voire de démolir la cave, pierre par pierre ainsi qu'il me l'avait affirmé. Un obstacle de taille se dressait face à cette pompeuse décision. Mon père refusait de vendre. Il entreprit alors une série d'actes malveillants destinés à le ruiner. C'est lui qui a empoisonné une partie de notre bétail et volé les survivants.

Il a mis le feu à la cuisine pour détruire la ferme, et il a incendié les champs. Il savait mon père couvert de dettes, sans les revenus de sa moisson et de ses vaches, il lui serait impossible d'honorer ses créanciers. Ces derniers auraient exigé la vente des Reinettes pour récupérer leur argent et Ballard les aurait eues pour presque rien.

— Il m'a vraiment ruiné, gronda Victorin. Le démon connaissait mon point faible. J'avais déjà un mal fou à tenir jusqu'à l'année prochaine lorsque ma ferme était entière. Après la perte de la récolte, je ne peux plus continuer, il me faudra vendre !

— Ne t'en fais pas, papa ! Je t'aiderais autant que je le pourrais.

Le fermier passa un bras autour des épaules de sa fille et reprit.

187

— Bah ! au diable, les soucis financiers, tu es saine et sauve. C'est ce qui m'importe le plus. Je vendrai certainement les Reinettes, je n'ai pas beaucoup d'autre choix pour résorber mes dettes. J'aurais toutefois une satisfaction, celle de les savoir en d'autres mains que celles de ce gangster.

— La prison ne doit pas arranger son humeur exécrable. Sais-tu qu'il avait projeté de devenir ton gendre ?

Victorin s'étrangla.

— Quoi ?

— Il ne pouvait pas me garder éternellement prisonnière. Cet après-midi, il m'a proposé le marché suivant. Ou je l'épousais, ou il se débarrasserait de moi de façon expéditive. Bref, le mariage ou la mort ! Outrée, je lui répondis que je préférais mille fois la mort. Nous nous sommes disputés un bon moment. Il a fini par battre en retraite. Ce qui ne signifie pas qu'il n'avait pas en tête d'essayer d'autres moyens de pression.

Des invectives montèrent de la table à l'annonce de l'odieuse tractation et l'on félicita Marjorie de son courage devant les menaces offensantes de son ravisseur. Les conversations roulèrent ensuite d'un sujet à l'autre puis, subitement, le brigadier se tétanisa, le verre en l'air, la bouche ouverte.

Les regards se tournèrent vers lui. Il réagit enfin, surpris de ses propres paroles.

— J'y pense Victorin, ce fameux butin, ils ne l'ont pas retrouvé, c'est donc qu'il est encore chez vous !

— Cela m'étonnerait, répliqua Marjorie. Voilà trois mois que ces bandits cherchent dans tous les recoins sans succès.

Ou bien le voleur a menti ou bien il a déjà récupéré le trésor depuis belle lurette.

Une image fugace traversa l'esprit de Ganaël à cet instant. Il se remémora son passage dans la cave.

— Dans un cas comme dans l'autre, le butin est définitivement perdu, commenta un des gendarmes.

— Non !

Ganaël venait de se lever.

— Je sais où il se trouve, suivez-moi !

Il sortit à grands pas dans le couloir. Après un moment d'hésitation, Marjorie se dressa à son tour. Son père lui emboîta le pas ainsi que le reste de l'assemblée.

— Les bandits ont regardé partout, s'étonna Marjorie, si un trésor était caché là, ils l'auraient découvert.

— Faites-moi confiance !

Il les conduisit au fond de la cave, à côté de la trappe, contempla les visages attentifs auprès de lui puis revint à Marjorie.

— Non, affirma-t-il alors, ils n'ont pas tout examiné ! Certes, ils ont sondé les murs, creusé à droite et à gauche, sauf là où ils auraient dû. Le voleur avait beau être un traître, il n'en était pas moins rusé. C'est connu, la meilleure cachette est l'endroit où personne n'imaginerait qu'on pourrait y dissimuler quelque chose. Dans cette cave, il existe un emplacement que nul ne songerait à emprunter et encore moins à creuser sous peine de voir une partie du tunnel s'effondrer. Cet endroit, c'est là !

Il posa le pied avec autorité près d'un couloir plongé dans la pénombre. Ses auditeurs le contemplaient ahuris.

— Croyez-moi, personne n'a cherché par ici. Regardez le mur et le plafond ! Les pierres sont disloquées. Les murs tiennent à peine debout, et le plafond, la façon dont il est bombé montre qu'il est sur le point de tomber. Un seul geste de travers, une vibration de trop et tout s'écroule. Ils auraient travaillé ici qu'ils risquaient un affaissement du tunnel. Et à supposer qu'ils se soient munis de casques protecteurs, cela n'aurait pas arrangé non plus leurs affaires. L'effondrement aurait ébranlé la maison au-dessus et réveillé les habitants. Non seulement, ils auraient été bloqués dans la cave par l'amoncellement de pierres, mais Victorin serait descendu avec ses employés, il les aurait découverts et aurait appelé la police, laquelle aurait sans aucun doute ouvert une enquête à son sujet. Il y aurait eu perquisition de sa ferme et la découverte de ses hold-ups. C'est en se fondant sur l'état de délabrement de ce secteur qu'a joué le voleur de butin. Il était persuadé que personne ne viendrait par ici.

Ganaël réclama une bêche et une bassine d'eau. Les deux garçons de ferme revinrent avec l'outil et un baquet. Il demanda ensuite au petit groupe de se retirer dans la zone sécurisée. Marjorie, comprenant ses intentions, refusa qu'il s'engageât dans ce qu'il avait en tête. Il la repoussa gentiment.

— Ne soyez pas inquiète. Je sais comment m'y prendre.

Il n'empêche, Marjorie avait pâli quand elle le vit mouiller d'eau un carré de sol, puis se saisir de la bêche et entreprendre une très lente excavation.

193

Trois minutes de désespoir où elle craignait qu'à tout moment la résonnance de l'outil ne remontât le long des murs à demi craqués. Elle ne distinguait que le dos de Ganaël, là-bas, au fond ce long couloir au plafond de pierres pendouillantes.

Au bout de ces trois minutes interminables, il hissa un grand coffre de métal et le sortit de la zone à risque. Sous les regards ébahis de l'assemblée, des liasses de centaines de billets de banque, des bijoux, diamants, et autres pierres précieuses en furent extraits.

— Ça alors ! répétait le brigadier. Comment avez-vous deviné ? C'est de la magie !

— Oh, non ! Je me suis tout simplement mis dans la peau du voleur. Rien de sorcier.

Ganaël sourit à cet affreux mensonge et songea que sans les sens aiguisés qui étaient les siens désormais, jamais il ne serait arrivé à cette conclusion. C'est l'écho métallique perçu juste avant celui de la trappe, quand il avait pénétré dans la cave après le fantôme, qui lui avait donné la solution. Le volume et la forme de cet écho correspondaient à celui d'un coffre… et par déduction, celui du butin. Quand il revint quelques minutes auparavant en compagnie de Victorin et du petit groupe, il lui avait suffi alors d'abaisser son audition au maximum pour repérer la réverbération de leur voix et de leurs pas sur le coffre à l'intérieur de la terre. Il savait donc exactement où chercher. Quant à l'eau ? Une astuce personnelle pour que la terre au-dessus du coffre soit si molle que la bêche n'y engendre aucune vibration susceptible d'ébranler les murs.

— Victorin, vous pourrez dire bientôt adieu à vos dettes, s'exclama le Brigadier.

Comme le fermier ne comprenait pas, il ajouta.

— Les banques ont offert une grosse récompense à ceux qui leur rapporteront leur argent volé. Une belle somme, croyez-moi, que vous partagerez avec le jeune homme.

— Oh, papa ! s'écria Marjorie en sautant au cou de son père, nous sommes sauvés de la ruine !

Elle se tourna vers Ganaël et déposa un baiser sur sa joue.

— Merci ! Merci vraiment beaucoup !

FIN

Ce roman fait partie de la série
« Ganaël le dernier des elfes. »

Cette série, écrite par Patrick Huet,
comporte actuellement trois romans et une
nouvelle.

En voici les titres.

Ganaël et les fantômes des Reinettes.
Ganaël aux Saintes-Maries-de-la-Mer.
Ganaël et Agathe.

Les fantômes des Reinettes.

Citation de Patrick Huet.

L'avenir vous appartient. Quel que soit ce qui est arrivé dans le passé, quel que soit ce qui se passe aujourd'hui, vous avez toujours en vous la possibilité de créer un autre futur.

Actualités et nouveautés.

Pour être tenu au courant des nouvelles parutions et des nouveautés de Patrick Huet, demandez votre inscription à son club, le « PH Club ». Adresse : Patrick Huet, 73 rue Duquesne 69006 Lyon. Ou par téléphone au 04 78 03 22 36 ou au 06 99 71 69 69. Ou encore par mail via son site (patrickhuet.net).

Autres livres de Patrick Huet

Thème du voyage, nature et découverte.

- Le Rhône à pied du glacier à la mer. (Guide touristique)
- La Seine à pied de la source à la mer. (Album photo et description des bords de Seine)
- Le fabuleux passé des sources de la Seine.
- Séquana, nymphe ou déesse de la Seine ?
- Descente de la Saône à pied, histoire d'un Fleuve-trotteur

.

Romans.

- La traversée de la Manche à pied et en scaphandre.
- Les Hortours – dans l'enfer de la jungle.
- Petite Fleur des Champs et la Pierre de Soleil.
- Petite Fleur des Champs et la Perle de Lune.

- Petite Fleur des Champs et le Cristal de Lumière.
- Pénélope ou le mystère des trois vertus.
- Le Château des Véraliens.
- Ganaël et Agathe.
- Ganaël aux Sainte-Maries-de-la-Mer.

Nouvelles.
- Les Belles histoires du Lyonnais des temps jolis.

Poésie.
- Déclarations d'amour.
- Extraits choisis du poème d'un kilomètre de long.
- Des parcelles d'espoir à l'écho de ce monde.
- Le Distique des prénoms.
- Une Belle à marier.
- Sur les chemins de l'aventure.
- Le printemps de Roubaix.

Contes pour enfants

Série Tomy le petit magicien.

11 titres dont

- Tomy au zoo.

- Tomy et la bague en diamant.

- Tomy et l'inondation.

- Tomy au Pôle Nord.

- Tomy et le Bébé pigeon.

Série Laetitia la petite sirène.

- Laetitia la petite sirène : Iridelle.

- Laetitia la petite sirène : Le Renardeau.

- Laetitia la petite sirène : Arilyane.

- Laetitia la petite sirène : Cantelune.

- Laetitia et Faline, la fille de lune.

Série Clémentine la petite savante : *10 titres.*

Dont : Clémentine et le rayon laser.

Autres titres pour enfants.

- Les aventures d'Archibald le grillon : le grillon voyageur.
- L'égoutier qui voulait être roi.
- Le secret du président.
- Rousseline et les oeufs de Pâques.
- Poupeline et le mystère des oeufs perdus.
- Annette et le dragon.
- La Fille aux douze doigts.

Informations complémentaires

Patrick Huet ayant longé plusieurs grands fleuves de France entièrement à pied, le Rhône, La Saône et la Seine, vous trouverez des informations au sujet de ses périples sur le site :

https://www.fleuve-trotteur.net/